कल:

एक अतीत, एक भविष्य

कल:
एक अतीत, एक भविष्य

विनीत वैद्य

KALPAZ

कलः एक अतीत, एक भविष्य

ISBN: 978-93-5128-162-7

मूल्यः ₹ 190/-

भारत सन् 2016 में प्रकाशित
कल्पाज पब्लिकेशन
5, अंसारी रोड, दरियागंज, नई दिल्ली-110002
Phone : 9811692060
ई-मेलः gennext@hotmail.com

मुद्रितः जी. प्रिंट प्रोसेस, दिल्ली

समर्पण

मित्र ने मुझसे पूछा, ''तुम्हारे परिवार में कौन-कौन है?''
मैंने कहा, ''जो भी मेरी खुशी में खुश है और मेरे दुख में दुखी है, वह मेरे परिवार का सदस्य है।''

परिवार के सभी सदस्यों को समर्पित।

विषय-सूची

भूमिका

कहते हैं कि ज़िन्दगी कल में ही रहती है। एक कल जो अतीत था और दूसरा कल जो भविष्य है। इन दो विशाल कलों के बीच में एक छोटा सा आज रह जाता है, लेकिन हमारे कल (भविष्य) की नींव आज ही पर निर्भर करती है, ठीक उसी तरह जैसे आज की नींव कल (अतीत) रखी गयी थी।

हमारा व्यवहार हमारे मूल्यों को प्रदर्शित करता है। आज के इस भाग-दौड़ वाले माहौल में हम लोग कुछ बुनियादी मूल्यों को भूलने लगे हैं। आगे निकलने की होड़ में बहुत सी छोटी-छोटी बातों को नज़रअंदाज कर देते हैं। हमारे आज के इस व्यवहार से कल (भविष्य) पर क्या फर्क पड़ेगा, इसका हमें कोई इल्म भी नहीं होता।

मेरा विश्वास है कि इस पुस्तक को पढ़ते समय आपको अपने आस-पास के समाज के कुछ पहलू देखने को मिलेंगे और यदि हम लोग अपने व्यवहार में थोड़ा सा भी बदलाव कर लें, तो शायद आने वाले कल पर इसका बहुत सकारात्मक प्रभाव पड़ेगा।

आशा करता हूँ कि आपको इस किताब को पढ़कर अच्छा लगेगा।

विनीत वैद्य

t:@vaidyavineet
www.facebook.com/vaidyavineet
www.facebook.com/staringatinfinity

उत्तेजना

"राधे! क्या आप बच्चों को संभालने के लिए तैयार हो?" सुजाता, मेरी धर्म पत्नी ने मुझ से पूछा। मेरी पत्नी ने मेरे जीवन में हर कदम पर मेरा सहयोग किया था। अभी कुछ समय पहले ही मैं सेवानिवृत्त हुआ था और आज हमारे पोते एवं नाति हमारे साथ दो दिन रहने के लिए आ रहे थे। मेरे मन में एक अजीब उत्सुकता थी क्योंकि मैं पहले कभी इस उम्र के बच्चों के साथ रहा नहीं। हमारे अपने बेटा और बेटी जब छोटे थे तब मेरी टूरिंग की नौकरी थी और घर पर बहुत कम समय मिलता था। शायद यह खालीपन ही था जो मुझे आज बच्चों के खेलने के विचार मात्र से उत्सुकता की भावना से भर रहा था। मेरे मन में खुशी भी थी कि मैं अपने नाति पोतों के साथ खेलूँगा, लेकिन एक डर भी था, कि क्या वे मेरे साथ घुल-मिल पाएँगे? नौकरी के दौरान मैंने बहुत सारी बैठकें करवाई थीं और सभाओं में मैंने स्टेज पर बढ़-चढ़कर अपने विचार व्यक्त भी किए थे। मुझे याद नहीं पड़ता कि कभी मैं किसी जगह पर डरा या बेचैन हुआ हूँ, किन्तु आज एक अजीब घबराहट थी। ऐसा लग रहा था कि शायद आज मेरी जिंदगी का सबसे बड़ा इम्तेहान है और इसकी मैंने पहले कोई तैयारी नहीं की है। आखिरी क्षणों की बेचैनी मुझे अंदर से खाए जा रही थी।

मैं हिमाचल प्रदेश के छोटे से गाँव नलसर से आया था। मण्डी जिले में स्थित इस गाँव में स्कूल की पढ़ाई पूरी करने के बाद मैं शिमला और फिर दिल्ली आ गया। छोटे से गाँव में पले-बड़े होने के बाद दिल्ली महानगर में आकर अपना जीवनयापन करना कुछ संघर्षमयी होता है। एक शांत गाँव के माहौल से तेज़ तर्रार लोगों की शहरी ज़िंदगी–इन दो पहलुओं को संभालना एक बड़ी चुनौती थी।

साठ के दशक में जब मैं पहली बार दिल्ली आया था, मुझे यह शहर बहुत अलग लगा था। आज की तुलना में तब दिल्ली छोटा था और इतना प्रदूषित भी नहीं था, पर गाँव की तुलना में तब भी बहुत बड़ा था और भाग-दौड़ वाला शहर था। अपने दादाजी के साथ मैं उनके मित्र के घर पर ठहरा था। पहली बार बड़े शहर में आने पर मैं काफी बेचैन था। जब चाचीजी (दादाजी के मित्र की बहू) ने मुझे चाय परोसी, हड़बड़ी में शीशे का गिलास मेरे हाथ से छूटकर गिरकर टूट गया। गिलास के टूटते ही चाचीजी के चेहरे का रंग बदल गया। मुस्कुराहट एकाएक समाप्त हो गई, भाषा का भाव बदल गया और मुझे एहसास होने लगा कि मैंने कोई गंभीर अपराध किया है। मेरे दादाजी, जिनको लोग 'मास्टरजी' के नाम से बुलाते थे, इस 'हादसे' के बाद एकदम गुस्सा हो गए। मैंने उन्हें कभी गुस्से में नहीं देखा था और मुझे लग रहा था कि शायद मुझसे बहुत बड़ा अपराध हुआ है। गुस्से में देखते हुए वे बोले, "राधे! क्या तुम एक गिलास भी ठीक से नहीं पकड़ सकते?" थोड़ी देर बाद चाचीजी जब अपने पति से बात कर रही थीं, तब उन्होंने कहा, "कैसा गँवार बच्चा है, एक गिलास भी नहीं संभाल सकता।" बाद में जब उनके बच्चे आए, तब उन्होंने अपने बच्चों को मेरे साथ घुलने-मिलने भी नहीं दिया। पर बच्चे तो बच्चे ही होते हैं और जैसे ही चाची शाम को

बाज़ार गयीं, हम तीनों बच्चे एक साथ मिलकर खेलने लगे। मैंने उन्हें बताया कि मैं पहली बार दिल्ली आया हूँ और मैंने कभी लाल किला एवं कुतुब मीनार नहीं देखे। यह सुनकर वे अचंभित हो गए और मुझ पर हँसने लगे कि मैंने कभी लालकिला नहीं देखा। रेडियो के बारे में भी मुझे कुछ पता नहीं था। शायद यही फर्क है ग्रामीण एवं महानगरीय सभ्यता का। इसी तरह की बातों के बाद हम लोगों ने भोजन किया और सोने के लिए चले गए।

अगले दिन सुबह ही हम बस अड्डे पर आए और फिर आगरा के लिए निकल गए। दिल्ली से बाहर आ रहे थे तो मुझे फिर से गँवार शब्द याद आने लगा। इस शब्द ने आज तक मेरे दिल में एक खास स्थान बनाया हुआ है। आज इतने वर्षों की नौकरी के बाद, जब मैं सेवानिवृत्त हुआ हूँ, मैंने देश-विदेश की यात्राएँ की हैं, अनेक देशों के लोगों से मिलकर, बहुत सारी बातें सीखने के बाद भी, 'गँवार' शब्द आज तक एक दर्द की याद दिलाता है। यह शब्द मेरे दिल को अंदर तक छू गया है।

शादी के बाद सुजाता और मैंने यह निर्णय लिया कि हम बड़े शहरों में ही रहेंगे। मुझे 'गँवार' तो कहा गया था पर मैं अपने बच्चों को अच्छी पढ़ाई-लिखाई करवाऊँगा और कभी कोई उन्हें गँवार नहीं बोलेगा। इसीलिए मैंने दिल्ली में नौकरी की। मुझे करीबन बीस दिन टूर पर रहना पड़ता था। इस दौरान हमारे बच्चों के लालन-पालन की पूरी ज़िम्मेदारी सुजाता के कंधों पर ही थी। मुझे तो अक्सर यह याद नहीं रहता था कि हमारे बच्चे कितने साल के हैं, कोई मुझसे जब पूछता था कि आपके बच्चे कितने साल के हैं तो मैं अक्सर यह कह देता था कि बेटा फलां क्लास में है और बेटी फलां क्लास में। सच कहूँ तो शायद मैंने अपने बच्चों को कभी बड़ा होते हुए

देखा भी नहीं। एक दिन मेरे कार्यालय ने मुझे एक पत्र दिया, जिसमें लिखा था कि ''आपका प्रोमोशन हो गया है और अब आप दिल्ली स्थित ऑफिस में बैठेंगे और टूर नहीं करेंगे।'' उस दिन मैं बहुत उत्साहित था कि अब समय घर पर बैठकर आराम से व्यतीत करेंगे, लेकिन उस दिन शाम को पार्टी मनाने के लिए सिर्फ सुजाता और मैं ही थे। हमारे बच्चे कॉलेज में पढ़ाई करने के लिए दूर के शहरों में चले गए थे। मैं अपने बच्चों के साथ समय नहीं बिता पाया था, शायद आज यही खोखलापन मुझे उत्तेजित कर रहा था।

घर वापसी

जिस दिन मैं अपने कार्य से सेवानिवृत्त हुआ, उस शाम मैं और सुजाता एक साथ बैठकर यह सोच रहे थे कि हमने अपने जीवन में क्या कुछ खोया या पाया है। हमने कुछ जगह जीत हासिल की थी और कुछ जगह पर हम हारे भी थे। हमें यह खुशी थी कि हमारी इज़्जत घर एवं कार्यालय दोनों स्थानों पर हुई। हमने न केवल अपने बच्चों को अच्छी शिक्षा दी, उनको एक अच्छे भविष्य के लिए एक परिपक्व नींव भी दी। हमारी बेटी एक डॉक्टर है और उसका पति मुम्बई के एक नामी अस्पताल में हृदय विशेषज्ञ है और हमारा बेटा अपने MBA के बाद एक MNC में नौकरी कर रहा है। हमारी बहू भी HR Manager है और MNC में कार्यरत है। हमारे बेटे की नौकरी में उसे अक्सर विदेशी दौरों पर जाना पड़ता है और हम लोग हमेशा उसे कहते हैं कि वह विमानों में ज्यादा और धरती पर कम समय बिताता है। सुजाता के कहने पर हमने अपने नाति-पोतों को अपने पास बुलाया। यह सोचकर हमें बहुत अच्छा लग रहा था कि छोटे बच्चे हमारे घर आकर घर के वातावरण को हर्षोल्लास से भर देंगे। शुक्रवार दिन के समय हमारे घर में तीन पीढ़ियों के नौ लोग थे और वातावरण तो देखते ही बनता था। शायद कामकाजी ज़िंदगी होने के कारण मैं ऐसे पलों को कभी देख ही नहीं पाया था।

सात वर्षीय निशांत और चार वर्षीय मिहिका मेरे पोते हैं और अभिषेक मेरा पाँच वर्षीय नाती है। मेरे बच्चों के जाने के बाद सुजाता ने कहा कि उसे चार बच्चों को झेलना पड़ेगा, मुझे थोड़े वक्त के बाद एहसास हुआ कि चौथा बच्चा कौन है। इस माहौल में मैं इतना रम गया कि उनके साथ में मैं अपना बचपन ढूँढने लगा। उन बच्चों के साथ मेरा खोया हुआ बचपन बाहर आने लगा और धीरे-धीरे मैं उनकी बातों में इतना मशगूल हो गया कि कुछ देर के लिए मैं यह भूल ही गया कि मैं कभी कहीं कार्यरत था। सुजाता ने मुझसे पहले कह दिया था कि हम बच्चों को पूरा खुला माहौल देंगे जिससे कि उन्हें पूरी तरह आज़ादी का मौका मिले। मैंने उनसे कहा, ''मौज करो पर इतना ध्यान रखो कि आप लोग कुछ तोड़ना नहीं और न ही आपस में लड़ना।'' बच्चों ने 'हाँ' कहा और फिर चारों तरफ खुशी का वातावरण फैल गया। अनुशासन नाम का कोई शब्द नहीं था और सिर्फ खुशियाँ और मस्ती ही हमारा ध्येय था। सोफे के स्प्रिंग्स और सीटों पर उछल-कूद शुरू हुई और 'हाशा-पूशा वी फॉल डाउन' के उद्घोष के साथ उछल-कूद शुरू हुई। एक जाना-माना कथन है, 'बहुत अधिक हँसी में कहीं रुदन की आहट होती है' और यह तब साबित हो गया जब मिहिका अभिषेक से टकरा गई। जब वे बच्चे सोफे पर कूद रहे थे, तभी अभिषेक की कोहनी मिहिका को लग गई। इस छोटी से दुर्घटना ने बच्चों को दो गुटों में विभाजित कर दिया। निशांत और मिहिका का एक गुट और अभिषेक का दूसरा गुट। पहला हमला बोलते हुए, निशांत ने कहा, ''अभिषेक कितना निर्दयी है, अपनी छोटी बहन का बिल्कुल भी ख्याल नहीं रखता।'' पलटवार करते हुए अभिषेक ने कहा, ''गलती मिहिका की ही थी जिसने मेरी बारी में कूद लगाई और मुझसे टकरा

गई। निशु भैया तो हमेशा मुझसे लड़ते ही रहते हैं।'' डराना सभी जगह पर होता है—मैंने सोचा। दोनों गुटों को अलग करते हुए मैंने कहा कि आप लोग TV देखें और दोनों गुट अलग-अलग कमरों में जाकर TV देखने लगे। यह शांति हमें बहुत खराब लग रही थी। घर में तीन बच्चे पर पूरा सन्नाटा, यह पूर्णतया अस्वाभाविक था। मैं उनको समझाने की कोशिश कर रहा था, पर जितना मैं समझाता बात उतनी बिगड़ जाती। अपने जीवन में मैंने बहुत गुटों के मनमुटाव सुलझाए थे, और ये तो छोटे-छोटे बच्चे हैं, इनको तो मैं यूँ ही निपटा लूँगा, यह सोचकर मैंने उनको बुलाया और इकट्ठा बिठाया और बातचीत से इस मसले का हल निकालने की कोशिश की—ध्यान रहे यह मात्र कोशिश ही रह गई क्योंकि जितना मैं सुलझाने की कोशिश कर रहा था, बात उतनी ही बिगड़ रही थी। थक हार कर मैं पीछे हट गया और एक बार फिर से घोर सन्नाटा छा गया।

पूरा सन्नाटा सुनकर सुजाता बाहर आई और दो पल में सारा माजरा समझ गई। बीच जगह पर खड़े हाकर वह जोर से बोली, ''आज रात को डिनर में क्या खाएँ पिज्जा या बर्गर?'' मेरे कुछ कहने से पहले ही बच्चे एक जुट से चिल्लाए 'पिज्जा।' शत्रुता एक पल में समाप्त हो गई और कौन सा पिज्जा, कहाँ से और किस फ्लेवर का मँगवाना है पर चर्चा शुरू हो गई और सन्नाटा फिर से उछल-कूद में बदल गया। मैं यह सोचकर एकदम हैरान था कि बच्चों को संभालना शायद मेरे बस की बात नहीं है।

पिज्जा और कोल्ड ड्रिंक का यह डिनर बच्चों को बहुत पसंद आया और इतना खुशी से पिज्जा खाते हुए बच्चों ने केवल एक ही बात कही, ''थैंकयू।'' गुस्सा, रोना सब एकदम खत्म हो गया और फिर से बच्चे एक हो गए।

डिनर के बाद, बच्चों ने एक बार फिर से उछलकूद मचाना शुरू किया। रात के नौ बजे थे जब उन्होंने छुपन-छुपाई खेलना शुरू किया। सुजाता ने उन्हें खेलने से मना किया पर दादी माँ की बात कौन मानता है। जब तक खाना खाने की बारी थी, दादी की जरूरत थी, खाने के बाद दादी की जरूरत कम हो गई। मैंने सौ तक गिनती शुरू की। मिहिका को ढूँढना हमेशा आसान था क्योंकि एक आज्ञाकारी बालिका की तरह वह हमेशा पर्दों के पीछे या दरवाजों के पीछे छुप जाती थी, पर लड़के तो लड़के ही होते हैं और आपने कहाँ छुपने को मना किया है, अल्मारी में, अटारी पर–अच्छा हम वहीं पर छुपेंगे। एक बार निशु चुपचाप जाकर बालकोनी में छुप गया और अनजाने में मैंने दरवाजा बंद कर दिया। काफी ढूँढने पर भी जब अभिषेक उसे ढूँढ नहीं पाया, तो फिर हम सभी लोग एकजुट होकर उसे ढूँढने लगे।

कमरे, दरवाज़े, अलमारी, अटारी सभी जगह पर देखा जब वह नहीं मिला, सुजाता ने बालकोनी का दरवाज़ा खोला तो देखा निशु वहाँ पर कुर्सी पर सिर रखकर सो रहा था। जीवन में अक्सर हम लोग कुछ करने में इतना खो जाते हैं कि, जीवन की सुध-बुध ही भूल जाते हैं। सुजाता ने निशु को चुपचाप गोद में उठाया और बच्चों को एक साथ सोने वाले कमरे में ले गई।

शनिवार की सुबह एक ख़ास दिन था जब हम लोग TV देखते हुए चाय पी रहे थे तभी मिहिका आई और दादी माँ की गोद में अपना सिर रखकर सिसक-सिसक कर रोने लगी। सिसकते हुए वह अपने माता-पिता को याद करने लगी। उसे मनाते हुए सुजाता ने उसे दलिया परोसा, दलिया नकारते हुए वह अपने माता-पिता से बात

करने की ज़िद करने लगी। आवाज़ सुनकर बाकी दोनों बच्चे भी आ गए और सभी बच्चे अपने माता-पिता से बात करने की फरियाद करने लगे। बस फिर क्या था, सभी बच्चों की बात कराने के बाद, एक बार फिर से चहचहाने वाला वातावरण दोबारा आ गया और दलिया खाकर सारे बच्चों में फिर शरारत की ऊर्जा आ गई। मैंने हिंदी समाचार देखना शुरू किया और धीरे-धीरे तीनों बच्चों ने शरारतें छोड़कर TV देखना शुरू कर दिया। उस समय चुनावों के परिणाम दिखाए जा रहे थे। उत्सुकतावश वे लोग मेरे साथ बैठ गए। मन ही मन मैं सोच रहा था कि चुनावों के बारे में ये बच्चे क्या जानते होंगे। यहाँ पर बैठकर ये लोग अपना वक्त ज़ाया कर रहे हैं। कार्टून चैनल देखने वाले बच्चे आज चुनावों की ख़बरें देख रहे हैं यह देखकर सुजाता भी बहुत आश्चर्यचकित रह गई थी।

थोड़ी देर देखने के बाद अभिषेक ने मुझसे कहा, ''दादाजी, हिंदी वर्णमाला में 'क' के बाद 'ख' आता है न?'' ''तुम ठीक कह रहे हो अभिषेक'' कहकर मैंने अपना ध्यान TV पर ही रखा। तभी अभिषेक बोला, ''दादाजी यह तो हिंदी समाचार का चैनल है, पर केरला के बाद मध्य प्रदेश बता रहे हैं, हिंदी में तो केरल के बाद गुजरात आना चाहिए।'' पहले तो मुझे यह बात समझ नहीं आई, पर उसके दोहराने पर मैं हक्का-बक्का रह गया। एक छोटी सी बात जिसको हम सब ने नज़रअंदाज़ कर दिया। सुजाता और मैं एक-दूसरे की शक्ल देखते रह गए। उत्सुकतावश जब मैंने अन्य हिंदी समाचारों के चैनलों को देखा तो यह सिलसिला काफी चैनलों पर देखा। क्या बच्चों का किसी चीज़ को देखने का नज़रिया दुनिया से अलग होता है? एक प्रश्न जो हम सोचने पर मज़बूर थे, कि क्या हम अपनी ज़ड़ों को भूलकर दूसरों के पीछे आँखें बंद कर के चल रहे हैं? इन

बच्चों ने हमें एक पाठ तो पढ़ा दिया, शायद इनका जीवन को देखने का नज़रिया हम से अलग है।

अब वक्त था पिक्चर देखने का और हम सभी लोग पिक्चर देखने के लिए नज़दीक वाले सिनेमा हाल चले गए। बच्चों का फिल्म देखने का मतलब होता है चिप्स, पॉपकॉर्न, नाचोज़ एवं कोल्ड ड्रिंक। पिक्चर शुरू होने के दस मिनट के अंदर ही बच्चों को बहुत तेज़ भूख लगने लगी। इस समय पर मना करने का मतलब था बाकी दर्शकों की पिक्चर ख़राब करना, यह सोचकर मैं तीनों बच्चों को बाहर ले गया और उनको पॉपकॉर्न, नाचोज़ और कोल्ड ड्रिंक दिलवाए। जब तक उनका खाना खत्म नहीं हुआ, हम लोग बाहर ही बैठे रहे और जब हम अंदर पहुँचे तो इंटरवल होने ही वाला था। ऐसा अनूठा फिल्म का अनुभव मुझे पहली बार हुआ था, पर शायद बहुत अनूठा। बच्चों के मुख पर वह खुशी शायद मैं कभी भुला नहीं पाऊँगा।

पिक्चर समाप्त होने के बाद बाहर आते ही हमें चुस्की वाला मिला। बचपन में हमने बहुत चुस्की खाई थी और आज फिर चुस्की खाने की प्रबल इच्छा हो रही थी। सड़क पर ठेलेवाले से कुछ भी खरीदने के मैं हमेशा खिलाफ रहा हूँ, पर न जाने आज मैंने खुद से ही चुस्की खाने का प्रस्ताव रखा। पहले तो उन्हें चुस्की समझ में नहीं आई पर जब मैंने उन्हें अलग-अलग स्वादों से अवगत करवाया तो वे खाने के लिए मान गए। काला खट्टा, आम, नींबू, संतरा–सभी स्वादों से उनको अवगत करवाया और वे भी शौकपूर्वक आईसक्रीम की बहन चुस्की का लुत्फ उठाने लगे।

घर आते समय कार में वे लोग पॉपकॉर्न और चुस्की की बातें करने लगे। फिल्म में चमगादड़ों का एक सीन था और वे चमगादड़ों

के बारे में कहने लगे। उत्सुकतावश मैंने पूछा कि तुम लोग चमगादड़ों के बारे में क्या जानते हो? बस फिर पूरे रास्ते वे बताते रहे कि चमगादड़ों की आँखें नहीं होतीं और वे रात भर नहीं सोते। घर पहुँच कर वे सुजाता के दुपट्टे ले आए और बाँहों और सिर के ऊपर डालकर वे चमगादड़ बन गए। बस फिर क्या था, एक कमरे से दूसरे कमरे और फिर पूरे घर में हमारे तीन चमगादड़ घूम रहे थे। बच्चों की इन शरारतों में हमें पता भी नहीं चला कि दस कब बज गए। अब उन्हें सोने को कहा तो वे सोने को तैयार भी नहीं थे। तभी सुजाता ने उनसे कहा, "क्या तुम जानते हो कि चमगादड़ सोते कैसे हैं? वे उल्टे सोते हैं, यानि पाँव ऊपर और सिर नीचे।" बस फिर देखते ही देखते तीनों बच्चों ने अपने पाँव सोफे के ऊपर और पीठ ज़मीन पर रखकर सोने का अभिनय किया। थोड़ी ही देर में वे सो गए। बचपन भी कितना सुलभ होता है, हँसी-मज़ाक, शरारतें और मासूमियत।

अगली सुबह, बच्चे देर, तक सो रहे थे। सुजाता ने मुझे जगाकर कहा राधे "आज बच्चों को चिड़ियाघर ले जाना कैसा है?" आज रविवार है तथा साधारणतया रविवार को चिड़ियाघर भीड़ से भरा रहता है। मैं आमतौर पर इस तरह की भीड़ भरी जगहों पर जाने से विरोध करता था, परन्तु मैंने अब इस विचार में परिवर्तन किया।

मैंने कहा, "ठीक है लेकिन हम अपने साथ कुछ खाने का सामान तथा पानी लेकर जायेंगे। मुझे याद है जब हम पहली बार अपने बच्चों को चिड़ियाघर लेकर गये थे तब मैंने उनसे कहा था कि एक पेंसिल और कॉपी अपने साथ ले जाना, ताकि चिड़ियाघर में जो जानवर भी अच्छा लगे उसका नाम अपनी कॉपी में लिख

सको। मैंने यह सब सुजाता को याद दिलाया जिसे सुनकर वह हँस पड़ी।

जब बच्चे उठे, उनके लिए एक Surprise प्रतीक्षा कर रहा था। मैंने खुशी तथा उत्साह से कहा "आज हम चिड़ियाघर जाएँगे।" बच्चे बहुत खुश हुए। मिहिका ने कहा वहाँ बहुत से जानवर हैं परन्तु मुझे शेर पसन्द है क्योंकि वह जंगल का राजा है। अभिषेक भी जल्दी से बोला चिड़ियाघर में जंगल का राजा कैसे, वह तो पिंजरे में रहता है तथा मृत जानवरों को खाता है। सबसे अधिक शक्तिशाली जानवर तो हाथी है, वह किसी को नहीं मारता, और न ही चोट पहुँचाता है। मुझे हाथी ही पसन्द है। मैंने देखा कि निशु बहुत खामोश बैठा था तथा वह चिड़ियाघर जाने के विचार से प्रसन्न नहीं लग रहा था। बहुत उकसाने के बाद उसने कहा, "मुझे चिड़ियाघर में नाचता हुआ मोर देखना है।" मैं और सुजाता सोच रहे थे कि हम प्रत्येक बच्चे की उम्मीद किस तरह पूरी कर पायेंगे। नाश्ते की टेबल पर हमने जानवरों के विषय में बातचीत की, सभी ने जानवरों को TV पर देखा हुआ है।

मिहिका ने कहा, तुम्हें पता है, "स्कूल में हमारे शिक्षक ने बताया था कि सभी साँप जहरीले नहीं होते केवल कुछ साँपों में ही जहर होता है और वे साँप मनुष्य को इस वजह से काटते हैं क्योंकि वे हमसे डरते हैं।" अभिषेक ने जल्दी से जोड़ा, हमारे स्कूल के अध्यापक भी कहते हैं कि एक जानवर दूसरे जानवर पर डर के कारण ही हमला करता है।

नीशु भी बोल पड़ा मैंने भी TV पर देखा है कि कुछ जानवर मानवों पर डर के कारण हमला करते हैं। अब फिर चिड़ियाघर जाने से पहले ही एक निष्कर्ष निकल आया था–जानवर आत्मरक्षा में ही

मनुष्य पर हमला करते हैं। चिड़ियाघर की यह यात्रा मान्यताओं एवं उम्मीदों के साथ लदी हुई थी। मैंने बच्चों को बताया कि हम चिड़ियाघर में देखे हुए जानवरों की सूची बनाएँगे तथा घर आकर उन जानवरों के विषय में चर्चा करेंगे। बच्चे इस विचार से सहमत नहीं हुए। नीशु जो गिरोह का नेता था उसने कहा, "हम यहाँ छुट्टियाँ मनाने आए हैं, हम यहाँ पढ़ने नहीं आये हैं। हमारा स्कूल चिड़ियाघर लेकर गया था तथा उन्होंने भी सूची बनाने के लिए कहा था। हमें यह ठीक नहीं लगा।" यह सुनकर सुजाता को जोर की हँसी आ गई।

पहली बार मुझे अनुभव हुआ कि बच्चे लिखना नहीं चाहते थे, वे केवल चिड़ियाघर में घूमना चाहते थे। रविवार होने के कारण टिकट की लाइन बहुत लम्बी थी और इस कारण हमें कुछ समय तक वहाँ खड़ा रहना पड़ा। बच्चे जल्द ही बेचैन हो गये, मेरी इच्छा के विरुद्ध सुजाता ने बच्चों को कैंडी दिलवाई, वे नीचे आकर लाइन में खड़े हो गये तथा कैंडी का मजा लेने लगे। मैंने सुजाता से कहा हमारे बच्चे बहुत आज्ञाकारी थे। मुझे याद है जब मैं उनको चिड़ियाघर लेकर गया था, कितनी सावधानी से बच्चों ने चिड़ियाघर में देखे गये जानवरों की सूची बनाई थी लेकिन ये बच्चे तो कुछ सुनना ही नहीं चाहते हैं। सुजाता इस बात पर सवेरे भी मुस्कुरा रही थी तथा अब भी मुस्कुरा कर बोली तुम जानते हो तीस साल पहले जब तुमने अपने बच्चों से चिड़ियाघर में पेंसिल और पुस्तक ले जाने के लिए कहा था, तब उनको भी तुम्हारा यह विचार अच्छा नहीं लगा था। लेकिन वे तुमसे डरते थे और उनमें इतनी हिम्मत ना थी के तुम्हारे आदेश का पालन न करें। मैंने पूछा 'आदेश'? सुजाता चुप हो गई। हम चिड़ियाघर के परिसर में प्रवेश कर रहे थे ''राधे

पिकनिक पर बच्चे लिखना-पढ़ना पसंद नहीं करते हैं। यह एक ऐसी जगह है जहाँ वे केवल आनन्द उठाना चाहते हैं। उन्हें जो चाहे करने दो।'' मैंने सुजाता से कहा ''तुम्हारी इच्छा मेरे लिए आदेश है'' और मैं खामोश हो गया।

वहाँ सबसे पहले हमने बहुरंगी बंदर देखे। चिड़ियाघर एक ऐसी जगह थी जहाँ कोई गाड़ियाँ नहीं थीं और बच्चे हर जगह दौड़ने एवं घूमने के लिए स्वतंत्र थे। बच्चे चर्चा कर रहे थे कि सभी जानवरों को उन्होंने TV पर देखा था। मिहिका ने कहा ''अफ्रीका के जंगलों में ऐसे बंदर होते हैं जो एक पेड़ से दूसरे पेड़ तक उछल कूद करते हैं, इन बंदरों को उड़ने वाला बन्दर कहा जाता है। नीशु ने भी कहा हाँ, और ये बन्दर तैर भी सकते हैं तथा एक ऐसा बन्दर भी होता है जो मांस खाता है। इसके बाद नीशु ने सब बच्चों को टोपी बेचने वाले आदमी और बन्दरों की कहानी सुनाई। कुछ देर बाद, हम एक तालाब के पास पहुँचे, जिसमें मगरमच्छ थे। वे सो रहे थे। मौका ना खोते हुए अभिषेक ने भी एक कहानी सुनाई बन्दर और मगरमच्छ की। तालाब देखने के बाद हमने एक बड़ी गुफा देखी। इस समय मिहिका जो सबकी कहानियाँ सुन रही थी, उसने फिर एक कमज़ोर शेर तथा बेवकूफ व्यापारी की कहानी सुनाई। जैसे ही हम एक पिंजरे से दूसरे पिंजरे की ओर बढ़े पंचतंत्र की कहानी शुरू हो गई। हम स्वयं को एक गर्वित दादा-दादी महसूस कर रहे थे, जिनके पोता-पोती उनको बहुत अच्छी जानकारी दे रहे थे। दिन बढ़ने के साथ गर्मी भी बढ़ रही थी। बच्चों ने Cold drinks, चिप्स, आइसक्रीम आदि की माँग शुरू कर दी। चिड़ियाघर में तीन घंटे घूमने के बाद हमने निकलने का निर्णय लिया। हम सब को भूख लगी थी। मैंने सुजाता से भोजन के बारे में कहा, परन्तु बच्चों के मस्तिष्क में कुछ

और ही चल रहा था। मिहिका का एक नया नाम था "The Duck" क्योंकि उसे पानी अधिक पसन्द था तथा वह हर बत्तख की तरह तैरना चाहती थी, और बोलते समय बत्तख की तरह Quack आवाज करती थी। बहन के लिए एक अच्छा नाम था और यह देखकर अच्छा लग रहा था कि दोनों भाई छोटी बत्तख को खुश देखने के लिए कुछ भी कर सकते थे। अभिषेक चुस्त एवं फुर्तीला था, गुस्से का तेज़ होने के कारण उसका नाम Tiger रखा गया। हमारा छोटा चीता बहादुर एवं साहसी था। नीशू जो बच्चों में सबसे बड़ा था। उसका नाम Chimpanzee रखा गया क्योंकि वह उछल कूद करता रहता था। घर पहुँचने पर सुजाता जल्दी से रसोईघर में गई। जल्दी खाना खाकर बच्चे सो गये और मैं तथा सुजाता ड्राइंग रूम में TV देखने बैठ गये। सुजाता मुझे मुस्कुराते हुए घूर रही थी। हमारी शादी को 35 साल हो गये थे परन्तु मुझे एक भी क्षण याद नहीं था, जिसमें कभी उसके चेहरे पर ऐसे भाव आये हों। मैंने उससे पूछा क्या कुछ असामान्य है उसकी शरारती मुस्कान तथा आँखों की चमक बता रही थी कि उसके दिमाग में कुछ चल रहा था। मेरे निरन्तर जाँच करने पर उसने कहा "अपनी नौकरी से बाहर आने के बाद अब लगता है कि आप अब एक पूर्ण इन्सान बन गए हो।" यह एक तारीफ थी या वह ताना दे रही थी? मैंने सोचा आँखों की एक टेढ़ी दृष्टि के साथ उसने मुझे देखा तथा रसोईघर में चली गई। सुजाता सदैव से ही शांत स्वभाव की थी और कम बोलती थी। जब भी वह मुझे कुछ बुरा कहने के बारे में सोचती, वह सदैव कुछ कहने से बचा करती और बातें करते समय बहुत सावधानी रखती थी। यह हमारे बीच लड़ाई की वजह बन सकता था, और उससे झगड़ने का मतलब मेरा बहुत कुछ बोलना और उसका खामोशी से

सुनते रहना। मुझे यकीन था जब वह चाय देने आयेगी, तब मुझे कोई गहरा संदेश देकर जाएगी।

उस दिन सब थक गये थे इसलिए शाम हमने घर पर रहने का निर्णय किया। मैंने तय किया आज शाम हम छत पर गुजारेंगे। जैसे ही सूरज ने डूबना आरम्भ किया हम सब छत पर चले गये। छत खुली हुई थी और फूलों की खुशबू से हवा महक रही थी। सूरज की डूबती हुई किरणें पूरे आसमान पर फैली हुई थीं तथा बादलों के बीच से अनेक लुभावने दृश्य बना रही थी। जब तीनों बच्चों ने अच्छी तरह से सजा रंगीन क्षितिज देखा, उनकी कल्पना की कोई सीमा नहीं रही। मिहिका ने सबसे पहले कहा "वाह यह तो बहुत सुन्दर है"। "यह एक चित्र की तरह लग रहा है नीशु ने कहा, अभिषेक जो विभिन्न रंगों को गिन रहा था उसने कहा नीला, नारंगी, Grey, पीला, सफेद, हम यहाँ कितने रंग देख सकते हैं। हम कुछ देर तक शान्ति से वह दृश्य देखते रहे फिर मैंने एक बादल की ओर इशारा करते हुए कहा, "देखो, वहाँ यह बादल मछली की तरह नहीं लग रहा और वहाँ हमने एक और सोच शुरू कर दी। इन विचारों से एक नई सोच छिड़ गई और अचानक सारे बादल एक व अन्य सदृश में दिखने लगे। एक बादल घोड़े की तरह, एक गाड़ी की तरह तथा एक पेड़ के जैसा दिख रहा था। आकाश में हर तरह की चीजें तैर रही थीं, बच्चों की ज्वलंत कल्पना तेजी से काम कर रही थी। जिसे देख कर अत्यंत आनन्द आ रहा था। जैसे-जैसे संध्या रात में बदल रही थी, अंधेरा बढ़ रहा था। हम आसमान पर केवल एक तारा देख पा रहे थे, ध्रुव तारा। चन्द्रमा आसमान में एक छोटा सा वर्धमान था। हमारी चर्चा चंद्रमा के बदलते स्वरूप और पूर्णिमा और अमावस्या तक पहुँच गई। तभी अभिषेक ने आसमान में तारे गिनना

शुरू किए परन्तु वह गिनती भूल गया। निशु ने भी गिनना शुरू किया किन्तु वह भी गिनती भूल गया। अंत में मुझसे ही यह सवाल पूछा गया "आसमान में कितने तारे हैं?" मैंने कहा, "आसमान में अनंत सितारे हैं," बच्चे यह गिनती जानना चाहते थे अब वहाँ एक और सवाल था, "अनंत कितना है?" मैंने कहा, "ऐसी चीज जो कभी गिनी नहीं जा सकती है, वह अनंत है, जैसे आसमान में तारों की गिनती तथा सिर के बाल तथा समुद्र का पानी यहीं अनंत के उदाहरण हैं।" अभिषेक को रात का आकाश बहुत पसन्द था, उसने कहा कि वह बड़ा होकर अंतरिक्ष यात्री बनेगा, और अंतरिक्ष की सैर करेगा। निशु नाविक बनना चाहता था, वह सागर में यात्रा करके समुद्री मछलियों से मिलना चाहता था। मिहिका को अध्यापिका बनना पसन्द था परन्तु वह दुखी थी क्योंकि अध्यापक कोई भी अनंत काम नहीं करता उसने कहा। उसे अभी यह पता नहीं था कि एक शिक्षक ही शून्य को अनंत बनाता है।

हम भोजन के लिए चले गये तथा अनंत ही चर्चा का विषय बना रहा। इस बौद्धिक चर्चा ने मेरे मस्तिष्क में एक नया विचार प्रकट किया। मैं खुश था कि आज के युग के बच्चे बहुत तेजी से चीजों को जान गये हैं और हमने बहुत देर में यह सब सीखा है। TV, Internet, कम्प्यूटर इत्यादि ने हर चीज को सम्पूर्ण विश्व में सुविधाजनक तथा सरल बना दिया है।

रात को भोजन के बाद, हमने सोने की तैयारी की। कौन कहाँ सोयेगा, यह निर्णय हुआ कि अभिषेक नीशु के साथ सो सकता है पर नीशु सुजाता के पास सोना नहीं चाहती मिहिका नीशु के पास नहीं सो सकती, तथा अभिषेक मेरे पास सोना चाहता है। आगे मुश्किल यह थी कि कमरे में बैड पर केवल दो लोगों की जगह

थी, तथा ड्राइंग रूम की जमीन पर रखे गद्दों में तीन लोगों की जगह थी। कौन कहाँ सोयेगा यह स्थिति एक विश्लेषणात्मक प्रश्न की तरह थी। किसी तरह सभी लोग यथास्थान सो गए।

अगले दिन सोमवार था पर रिटायर होने के बाद हर दिन ही रविवार महसूस होता था। हमारे पोता-पोती जो हमारे लिए आँख का टुकड़ा बन गये थे, हमें छोड़कर जा रहे थे और हम उनकी ऊर्जा तथा चहल-पहल को याद करने वाले थे।

सूरज की गर्मी शबाब पर थी तथा उस दिन हम सबने घर ही पर रहने का निर्णय किया। बच्चे अपने घर से कुछ खिलौने, छोटी गाड़ियाँ, गुड़िया तथा व्यापार वाला खेल लेकर आए थे। बाहर घूमने जाने के कारण बच्चों ने अब तक यह खिलौने नहीं खोले थे। इसलिए नाश्ते के बाद हमने खिलौने से खेलने का सोचा, और एक बार फिर हंगामा उच्च स्तर पर आ गया। इस समय हमने दो गाड़ियाँ तथा एक वैन ही खेलने के लिए निकाले। मिहिका को कार जैसा नमूना बहुत पसंद आया। एक खुली हुई कार की तरह उसके दरवाजे खुल गये, तथा छत ढह गई। मिहिका को यह कार पसंद थी, लेकिन अभिषेक को इस कार ने अधिक प्रेरित नहीं किया, और बड़े भाई निशु के पास एक बड़े आकार की वैन थी, जो उसके बड़े भाई होने की छवि पर फिट थी। बड़ा आकार होने के कारण वह सभी वाहनों से टकराकर अपना वर्चस्व दिखा रहा था।

चॉक की सहायता से फर्श पर एक सड़क बनाई गई। उस सड़क पर गति अवरोधक, राजमार्ग, शॉपिंग माल्स, आवासीय क्षेत्र, पुलिस चौकी तथा अन्य महत्त्वपूर्ण स्थान बनाये गये। अब महत्त्वपूर्ण सवाल यह था कि पुलिसवाला कौन होगा? जो अपने कर्त्तव्य को निभायेगा और देखेगा कि गाड़ी सही चल रही है तथा लोग नियम

तो नहीं तोड़ रहे। हमने रंगीन कागजों से यातायात के संकेत बनाए और उन्हें चौराहों पर लगा दिया। बच्चों ने अपनी गाड़ियाँ सड़क पर चलाना शुरू कर दी। अब चुनौतियों का नया सैट उभर गया था। धीरे-धीरे जो गाड़ी चलाएगा, वह दूसरी गाड़ी को Overtake करेगा या नहीं। जैसे ही बच्चे यातायात अव्यवस्था में लीन होना शुरू हुए...रैश ड्राइविंग का एक मामला सामने आया जब नीशू की वैन Red लाइट कूद कर निकल गई। परिणामस्वरूप अब उसकी वैन को जब्त कर लिया जाना था। क्योंकि मैं यातायात कर्मी था, इसलिए तीनों बच्चे एक साथ मुझे यातायात पुलिस की भूमिका बताने लगे।

सेवानिवृत्ति के बाद यह मेरा पहला काम था, और मूकदर्शक न रहकर मैं इस जिम्मेदारी को लेकर बहुत उत्तेजित था। अचानक मुझे बहुत महत्ता मिल गई थी, एक क्षण के लिए मुझे लगा जैसे मैं किसी प्रबंधन परीक्षार्थी के जैसा हूँ, जो अपने अधिकारी द्वारा दिया हुआ पहला कार्य अत्यन्त गम्भीरता तथा जिम्मेदारी से कर रहा है। जब कोई व्यक्ति आप पर सम्पूर्ण विश्वास करता है तब मन में संतोष की भावना उत्पन्न होती है तथा आप सोचते हैं कि हम गुणवत्ता के सबसे अच्छे कार्य करें। अपने मन में उसी उत्साह के साथ मैंने सभी ड्राइवरों से कहा हल्के चलाओ तथा अपनी लेन में ही गाड़ी चलाओ आदि। खेल प्रगति पर था कि अचानक अभिषेक ने मिहिका की गाड़ी को मोड़ पर टक्कर मार दी। अब यह एक अपराध था, इसलिए मैंने अभिषेक की गाड़ी को जब्त कर लिया तथा उसकी दादी, जो रसोईघर में थी तथा पुलिस स्टेशन की मुखिया थी, उनसे अभिषेक को मिलने के लिए कहा।

वह खेल से बाहर आकर खड़ा हो गया और मेरे पास आकर मेरे कान में बोला 'सर' खत्म कीजिए क्या 100 रु. काफी हैं, या

मैं कुछ और पैसे निकालूँ। मैं भौंचक्का रह गया। 'यह क्या था'? मैंने स्वयं से पूछा। फिर मैंने अभिषेक से कहा दोबारा कहो। बिना किसी डर के उसने फिर कह दिया 'सर' क्या मैं 100 रु. दे सकता हूँ? मैं पूरी तरह सदमे में आ गया। इस हफ्ते में ऐसा पहली बार हुआ था कि मेरा चेहरा गुस्से से भरा हुआ था, तथा कमरे में फिर पूर्ण सन्नाटा हो गया। सुजाता को कुछ शक सा हुआ, वह भागती हुई कमरे में आकर हम चारों के चेहरे देखने लगी। मेरा क्रोधित चेहरा देखकर उसने मुझे सवालिया नजरों से देखा, लेकिन मैंने जल्दी से अपना संतुलन वापस पा लिया। मैंने मजाकिया तरीके से अभिषेक से पूछा "क्या हुआ?" और तुमने यह पुलिस की सजा से बचने का तरीका कहाँ से सीखा? उसने मासूमियत से कहा "हमारी स्कूल बस से।" "हमारे ड्राइवर अंकल को कभी-कभी देर हो जाया करती थी। जब भी उन्हें देर होती, वह बस को गलत दिशा से ले जाते। जब पुलिस वाला उनको रोकता वह कहते "सर हम जल्दी में हैं।" और बच्चों को स्कूल जाने में देरी हो रही है, आज उनके स्कूल में एक महत्त्वपूर्ण कार्यक्रम है, क्योंकि गेट बन्द होने का समय 10 बजे था। फिर पुलिस वाले अंकल और ड्राइवर कुछ बात करते तथा हमारी बस निकल जाती। राकेश भैया जो हम से बड़े थे उन्होंने बताया था कि ड्राइवर इन सबसे छुटकारा पाने के लिए उनको सौ रुपये देता था।"

अब मुझे नहीं पता कि राकेश भैया सच बोल रहे थे या झूठ परन्तु इसका परिणाम यह निकला कि जो कुछ राकेश भैया ने बताया था वह अभिषेक के मस्तिष्क में जम गया। और जब राकेश भैया ने यह बात बताई, तो अभिषेक के अलावा और बच्चों ने भी इसे देखा होगा।

नई पीढ़ी, दुनिया भर का ज्ञान, बहुत सशक्त मानसिकता पर मूल्य? ''क्या हम अपने बच्चों को यहीं सिखा रहे हैं?''

रात को छत पर बैठकर मैं सुजाता से कह रहा था, "यह रात कल के बारे में बहुत बताती है," कलः एक अतीत और कलः एक भविष्य और जैसे अतीत से हम वर्तमान में पहुँचे हैं, न जाने इस वर्तमान से भविष्य क्या करवट लेगा।

नींव की स्थापना

मेरा बचपन नलसर नामक गाँव में व्यतीत हुआ। बचपन में मैंने अपने पिताजी को दुकान चलाते हुए देखा था। यह एक छोटी दुकान थी जिसमें रोज़मर्रा के उपयोग का सामान मिलता था। तीन-चार साल की आयु से ही मैंने दुकान जाकर बैठना शुरू किया था। दुकान में एक छोटा सा गल्ला होता था जो सबसे छुपाकर रखा गया था। बिस्कुट, टॉफियाँ, नमक, चीनी वगैरह के लिए छोटे-छोटे डिब्बे थे जिनमें उन्हें संभालकर रखा जाता था। मेरे पिताजी सुबह नहा-धोकर दुकान पर आकर बैठ जाते थे और सुबह ही से ग्राहकों का आना-जाना शुरू हो जाता था।

दिन भर की ख़रीद-फरोख्त को, एक लाल रंग की किताब जिसे मास्टरजी (मेरे दादाजी) बहिखाता के नाम से बोलते थे, में लिखा जाता था। शाम को दुकान बंद करने के बाद पिताजी, मास्टरजी को दिनभर की आमदनी और बहीखाता दिया करते थे। बचपन में यह समझ में नही आता था किन्तु आज लगता है जैसे यह एक विश्वास और समर्पण का प्रतीक था। रात को बरगद के पेड़ के चबूतरे पर एक चौपाल लगती थी और सभी पुरुष दिन भर के परिश्रम के बाद आपस में बात-चीत करने के लिए एकत्रित होते। चौपाल की एक ख़ास अहमियत थी, यह वह स्थान था जहाँ पर दुनिया भर की बातों

का विश्लेषण होता था। रूस और जापान से लेकर, पानीपत की लड़ाई, बरसात में खेतों का ध्यान, या पड़ोस वाले घर में कुएँ का निर्माण– सभी बातों पर चर्चा होती। चौपाल–एक प्रतीक था–गाँव के माहौल का और जब भी कभी स्वतंत्रता संग्राम की बात होती, मास्टरजी का एक अनूठा योगदान रहता।

स्वतंत्रता के नाम पर मास्टरजी बहुत खुश होते पर विभाजन और उससे जुड़ी मार-काट से उनका मन आज भी भर जाता। विभाजन के समय मास्टरजी के पास ज़मीन का एक बहुत बड़ा हिस्सा था और उस समय के सबसे अधिक पढ़े हुए व्यक्ति भी थे (हमारे गाँव के)। उनका ठोस व्यक्तित्व एवं किसी भी बात की तह तक जाकर विश्लेषण करके सही सलाह देना शायद इसीलिए 'मास्टरजी' नाम से वे विख्यात हो गए थे। गाँव के विकास के लिए उनके ख्याल बहुत माने जाते थे और जब भी हमारे गाँव से संबंधित कोई निर्णय लेना होता था तो मास्टरजी से हमेशा सलाह ली जाती थी। स्पष्टवादिता एवं दो टूक बात करने के कारण उन्हें कुछ कटु अनुभव भी हुए थे। भूमि अधिग्रहण नियम के अंतर्गत जब मास्टरजी की ज़मीन का निरीक्षण करने के लिए कुछ लोग आए तो मास्टरजी और उनके बीच में किसी बात को लेकर वैचारिक मतभेद हो गया। परिणामस्वरूप ज़मीन का उपजाऊ हिस्सा ले लिया गया और दूर का बंजर हिस्सा मास्टरजी को दे दिया गया। मास्टरजी यदि आवेदन देते तो शायद परिणाम बदल जाता पर अपने मूल्यों से अडिग मास्टरजी ने मेरे पिताजी से कहा, "बेटा! आज किस्मत ने हमारे साथ एक अजीब खेल खेला है, पर राधे का लालन-पालन आज से मेरी ज़िम्मेवारी है। तुम दुकान को संभालो, राधे को अच्छी शिक्षा देना मेरा कर्त्तव्य है।"

मेरे समस्त जीवन में मास्टरजी का योगदान किसी अन्य इंसान के योगदान से बहुत अधिक है। मेरा यह मानना है कि यह मेरा सौभाग्य ही है कि मुझे मास्टरजी के कुल में जन्म मिला।

पुरुष लोग गाँव लौटते हुए चौपाल आते और वहाँ बैठकर बातचीत के उपरांत अपने घर जाकर अपने परिवार के साथ भोजन करते थे। यह रिवाज मास्टर जी ने सब पर लागू किया था। इससे परिवार वालों के बीच घनिष्ठता बनी रहती थी तथा लोग अपना दर्द एवं खुशी बाँट लेते थे। खाने के दौरान मास्टर जी सारे दिन भर के काम पर सभी को शान्तिपूर्ण सलाह देते थे। मैं अपनी बहन, माता एवं पिता के साथ बैठकर वह सब सुना करता था। मेरी माँ तथा चाची सभी पुरुषों को खाना खिलाने के बाद स्वयं खाना खाया करती थीं। बैठने का तरीका हिन्दू परम्परा के जैसा था। मास्टर जी चूल्हे के पास बैठते थे मेरी भावनाएँ थोड़ी खराब हो जाया करती थी जब मास्टर जी मेरे पिताजी को गाँव के लोगों द्वारा दुकान पर उधार देने के लिए फटकारते थे। इससे मास्टर जी को बहुत गुस्सा था। पिता जी से बात करते समय कहा करते थे "तुम किसी काम के नहीं"।

अन्य गाँववासियों की तरह मैं भी मास्टर जी को नलसर का सबसे बुद्धिमान व्यक्ति समझता था। मैंने सुना था कि एक पर्व पर प्रमुख राष्ट्रीय राजनीतिक दल के नेता हमारे घर आये तथा मास्टर जी से स्थानीय विधानसभा चुनाव में भाग लेने को कहा, परन्तु एक सिद्धांतवादी तथा आदरणीय व्यक्ति होने के कारण उन्होंने वह सारे विचार अस्वीकृत कर दिए। वे हमेशा गाँव के रहन-सहन की स्थिति को सुधारना चाहते थे, तथा गाँववासियों की दीर्घ आयु के लिए चिकित्सा संबंधी समस्याओं को ठीक करना चाहते थे।

मैंने एक बार सुना था कि यदि मास्टर जी स्थानीय पंचायत चुनाव में भाग लें तो वह स्थानीय सभा के सबसे अधिक शक्तिशाली सदस्य बन जायेंगे, जिससे सम्पूर्ण परिवार का जीवन सरल हो जायेगा। उन्होंने कहा कि फिर हमें जीने के लिए सब्जियाँ काटने तथा दूध बेचने के भरोसे नहीं रहना पड़ेगा।

मेरी प्राथमिक शिक्षा हिन्दी भाषा में हुई। सोहन जो मेरा प्रिय मित्र था वह गाँव में मिठाई की दुकान के मालिक का बेटा था। हमारी दोस्ती पीढ़ियों से चली आ रही थी, क्योंकि उसके एवं मेरे पिता भी बचपन से मित्र थे। वह मिठाई की दुकान सोहन के दादा जी ने 40 साल पूर्व आरंभ की थी। यह दुकान शुद्धता एवं ईमानदारी के लिए जानी जाती थी। पीढ़ियों से सोहन का परिवार हमारे लिए दूध बेचने का साधन था। बदलते समय के साथ इस व्यापार में अधिक विकास हुआ तथा हमारा एकीकरण अधिक मजबूत हुआ। विद्यालय में सभी बच्चे मुझे तथा सोहन को भाई समझते थे। स्कूल से आने के पश्चात हम दोनों गिल्ली-डंडा तथा कंचे खेलते थे, तथा कभी-कभी हम कागज़ की नाव बनाकर गाँव के तालाब में बहाते थे। तालाब गाँव के लड़कों के मिलने का स्थान था। एक दिन जब हम सब एक साथ इकट्ठा थे, सोहन ने बताया कि उसके पिता दिल्ली गये थे और वहाँ से रेडियो लाये हैं। रेडियो एक ऐसा यंत्र है जो हमें गाने-बजाने, खेलकूद तथा देश-विदेश की कई जानकारियाँ प्रदान करता है और उन दिनों में क्रिकेट के बारे में किसी को ज़्यादा नहीं पता था, परन्तु रेडियों ने खेलों तथा समाचारों की लोकप्रियता को बढ़ा दिया था। शाम को सोहन के पिता रेडियो को चौपाल में ले जाते और सबको हिन्दी के समाचार सुनाते। परिणामस्वरूप प्रत्येक व्यक्ति के पास शाम को चर्चा करने के लिए बहुत-सी

खबरें हो जाती। जिस तरह गाँव में रेडियो को चाहने वाले लोग बढ़ रहे थे, उसी प्रकार सोहन को भी गाँव में प्रसिद्धि मिल रही थी। वह खबरें तथा गाने सुनता और खेतीबाड़ी तथा अन्य महत्त्वपूर्ण विषयों की नवीनतम जानकारी गाँव वालों को बताता। आखिरकार यह सोहन का रेडियो था और सोहन इसे पाकर बहुत खुश था। वह अब 'सोहन रेडियो वाला' के नाम से लोकप्रिय हो गया था और उसको भी यह संदर्भ पसन्द था। वह सभी मैच ध्यान से सुनते तथा Commentator जो भी बोलता, यह सब सोहन एक किताब में लिख लेता था। उसके पास प्रत्येक मैच का रिकॉर्ड था। वह गाँव का सांख्यिकीविद् अधिकारी बन गया। सोहन की स्मृति उल्लेखनीय थी तथा वह जो कुछ भी लिखता उसे सदैव याद रहता और एक सच्चे मित्र की तरह वह मुझे क्रिकेट कमेंट्री सुनने के लिए प्रोत्साहित करता और आंकलन करके बताता कि कौन अच्छा खेलता है।

सोहन के विपरीत मेरी परवरिश चहचहाना नहीं थी। मेरे दादाजी जब भी गाँव में वापिस आते, मुझे किताब उपहार करते। स्वामी विवेकानंद जी के वे कट्टर अनुयायी थे और मुझे स्वामी विवेकानंद जी का बहुत कुछ साहित्य देते थे। अब मुझे भी यहीं लगता है कि इन किताबों ने मुझे 'इन्सान' बनाने में महत्त्वपूर्ण भूमिका निभाई। मैं हमेशा अपने दादा जी के साथ खेतों में टहलने के लिए जाना चाहता था। यह समय था जब चीजों की खोज तथा गाँव में चारों ओर क्या चल रहा है, इन विषयों पर चर्चा की जाती थी। इस समय मेरे सख्त एवं अनुशासित दादाजी खुलकर मेरे विचारों को तलाशते थे। मुझे लगता था कि क्या यह साधन सही था, परन्तु आज भी उनके विचार मेरे जीवन को एक सुदृढ़ता देते हैं। एक दिन बुआई के मौसम की शुरूआत में दादाजी मुझे खेतों में ले गये और वहाँ पहुँचने

पर कुछ मिट्टी लेकर मेरे हाथ पर रख दी। वह बहुत मुलायम तथा ताजी मिट्टी थी। उन्होंने मुझे मिट्टी का वर्णन करने को कहा। मैंने कहा कि मिट्टी मुलायम, चिकनी तथा नम है, फिर हम आगे चल दिये तथा खेतों के और हिस्से देखने लगे। कुछ दिन बाद मैं जब दादाजी के साथ खेतों में पुनः गया, तब उन्होंने मुझसे जमीन पर मिट्टी देखने के लिए कहा। इस समय पौधे अंकुरित हो गये थे तथा मिट्टी भी नम थी। कुछ सप्ताह बाद मिट्टी ठोस हो गई थी तथा पौधे भी बड़े हो गये थे। इस महीने हमारी फसल कटने के लिए तैयार थी। कृषि पृष्ठभूमि होने के कारण मेरे लिए एक फसल विकास के चक्र के महत्त्व को समझना सरल था।

गर्मी का मौसम किसानों के लिए परीक्षापूर्ण तथा कठिन होता था। खेत में सूखा पड़ जाता था। सूरज की गर्मी के कारण किसान घरों के अन्दर ही रहते थे तथा गाँव रेगिस्तान के जैसा हो जाया करता था। जिस दिन सूरज नहीं निकलता लोग अपने घरों से निकलकर बाजार से सामान खरीदते तथा दोस्तों से मिला करते थे। मनुष्य के साथ पशुओं के लिए भी गर्मी का मौसम कठोर था। उनकी खाने की घास, पीने का पानी भी गर्म हो जाते थे। गर्मी का मौसम किसी को भी पसन्द नहीं था। परन्तु इस मौसम की एक अच्छी चीज यह थी कि सूर्यास्त से जीवन की शुरूआत होती। शाम को मेरी माँ तथा अन्य गाँव की महिलाएँ तालाब के पास दो बाल्टियाँ पानी लेकर आती। पीने का पानी इतनी सरलता से नहीं मिल पाता था तथा कुछ महिलाएँ तो पानी के लिए 5 किलोमीटर तक चलकर आया करती थीं।

सर्दी के आने पर हमारी भूमि को फसल के लिए तैयार किया जाता। खेती बैलों से की जाती। भीमू हमारे घर में कार्यरत था। भीमू

6 फीट लम्बा तथा बहुत ताकतवर थां वह जानवरों को चारा खिलाता, चराई के बाद घर लाता तथा उनकी देखभाल करता था। वह गोशाला की भी देखरेख करता था। उसका लम्बा एवं अंधेरे व्यक्तित्व का चरित्र, उसे रावण की तरह बनाता था। हृष्ट-पुष्ट शरीर, लम्बी मूँछें तथा काली पोशाक स्टेज पर रंग-बिरंगी लाइट के बीच दूर से ही चमकती थी। भीमू (रावण) को सब लोग निहारते थे। जिस मैदान में यह नाटक होता वहाँ फेरीवाले चाय, पापड़ तथा कैण्डी बेचा करते थे। रामलीला का सबसे महत्त्वपूर्ण भाग सीता हरण का था तथा इस भाग का हिस्सा बनने के लिए गाँव के बच्चे यहाँ आया करते थे। सीता हरण के दिन बच्चे अपने माता-पिता के साथ अपनी जगह बचाने के लिए वहाँ चादर बिछा दिया करते थे। मुझे अभी भी याद है जगह को लेकर हम सबकी बहुत लड़ाई होती थी। एक दिन जब रावण अपना डायलॉग बोल रहा था तो बीच में आकर मैंने जोर से चिल्लाकर उसे भीमू कह दिया था। यह बहुत शर्मनाक था, लेकिन फिर बच्चे इन सब के बारे में कहाँ सोचते हैं।

रावण के पुतले का दहन, हमारे गाँव में सबसे अधिक मनाया जाने वाला प्रसंग था। पूरी दोपहर तथा शाम दशहरे के दिन हम मैदान में व्यतीत करते थे तथा रात में रावण दहन होता था। यह सब बहुत अच्छा था। चारों ओर पटाखे तथा खुशियाँ थी। रावण का दहन सत्य की जीत का चिन्ह है। तथा प्रत्येक वर्ष हम प्रार्थना करते हैं कि जो कुछ भी हो, उसमें सच्चाई की ही जीत हो। एक बार हम दशहरा देखकर अपने घर आ रहे थे, उस समय अंधेरा हो गया था। अंधेरा होने के कारण दादा जी ने नाले के पास जो छोटा रास्ता था वहाँ से जाने को कहा। लाईट लगी हुई थी लेकिन बिजली ना होने

के कारण हम रास्ते में अपने हाथ में लालटेन लेकर चल रहे थे। यह गाँव के जीवन का साधारण हिस्सा था। गाँव के कुछ लोगों का कहना था कि जो लोग कभी गाँव की यात्रा करते हैं, जब वह एक जगह से दूसरे स्थान या जंगल की ओर जाते हैं तब लालटेन ही जानवरों के विरुद्ध हथियार होती है।

नाला पार करते समय दादी जी को बैल ने टक्कर मार दी जिससे उनकी जांघ घायल हो गई, तथा अब वह सीधे खड़ी नहीं हो पा रही थीं। अगले दिन हम उनको पहले शिमला तथा फिर चंडीगढ़ के अस्पताल लेकर गये।

पेड़ों को शक्ति मिलती है उनकी जड़ों से।
क्या हम अपनी जड़ों को मज़बूत बनाने की कोशिश करते हैं?

शिमला और चंडीगढ़

शिमला के मॉल रोड पर मेरा पहला अनुभव अपने आप में एक बहुत अच्छा अनुभव था। यह सफर टेलिग्राफ कार्यालय से आरंभ हुआ जिसके आगे ''वर्षा आश्रय'' था। यह कहा जाता है कि शिमला में बहुत अधिक वर्षा होती है तथा लोगों को बारिश से बचाने के लिए आश्रय बनाये गये थे। जैसे-जैसे हम Scandal Point की ओर जा रहे थे, शिमला को लेकर मेरी उत्सुकता बढ़ती जा रही थी। Scandal Point के नाम के विषय में एक दिलचस्प कहानी है। एक महाराजा ने एक ब्रिटिश अधिकारी की बेटी को यहाँ से उठा लिया था। तब से Scandal Point का नाम सुनते ही मेरे चेहरे पर मुस्कुराहट आ जाती है। शिमला, ब्रिटिशवासियों का आवास था और ब्रिटिश शासन में वहाँ कुछ भी ऐसा करना बहुत साहसिक कार्य था। मास्टर जी ने यह सब मुझे गर्व से बताया था। मैं उनकी आँखों में आजादी का संघर्ष तथा उस समय जो भी अंग्रेजों के विरुद्ध खड़ा हुआ था उस व्यक्ति के लिए सम्मान देख सकता था। मैंने सड़कों की दुकानों को देखना शुरू कर दिया। अचानक एक पुलिस वाले ने आकर मुझे सड़क के बांई ओर चलने को कहा। मैं इस बात से हैरान हो गया और मैंने दादाजी से कहा यह हमारा देश है, हमारी सड़कें हैं, क्या हम जहाँ चाहें वहाँ चलने के लिए स्वतंत्र नहीं? कोई हमें क्यों बता रहा है कि क्या करें, और क्या न करें? मुझे लगा

कि दादाजी मेरी प्रशंसा करेंगे क्योंकि वे स्वतंत्रता के पक्ष में होते हैं, परन्तु मैं आश्चर्यचकित रह गया जब दादा जी ने कहा कि "पुलिस को सही चीज़ का ज्ञान है।" तुम्हें सड़क के बांई ओर ही चलना चाहिए। मुझसे यह सहन नहीं हुआ इसलिए मैंने फिर से कहा "यदि हम दूसरों की बात मानेंगे तो स्वतंत्रता का क्या उद्देश्य है"?

मैंने पहली बार मास्टर जी के चेहरे पर प्रश्नचिन्ह देखा। शाम में हम अपनी आंटी के घर रुके। US Club में, जो मॉल की सड़क के ठीक ऊपर था। उन दिनों घरों में TV का प्रचलन नहीं था, इसलिए आपस में बैठकर बातें करना मनोरंजन का सबसे अच्छा साधन था। जब मुझसे पूछा गया कि मुझे शिमला कैसा लगा मैंने कहा, "वहीं पुरानी ब्रिटिश विरासत है, हम यहाँ स्वतंत्र नहीं हैं। यहाँ तक कि हम सड़क पर भी अपनी इच्छा से नहीं चल सकते। इससे बेहतर तो मेरा छोटा सा गाँव नलसर है जहाँ हम अपनी इच्छा से सड़क पर चल सकते हैं, तथा हमें चारों ओर घूमने और आनंद उठाने की पूर्ण स्वतंत्रता है। यह सुनकर मास्टर जी मुझ पर झपट पड़े, ऐसा लग रहा था वह इसी क्षण का इंतज़ार कर रहे थे, और जैसे ही वह क्षण आया उन्होंने कहना शुरू किया, "राधे, क्या तुम जानते हो स्वतंत्रता किसे कहते हैं? सड़कों पर बेपरवाह घूमना, बिना किसी स्पष्टता के अपनी दुनिया में अलग रहना, तथा अपने सपनों में खोये रहना क्या यह स्वतंत्रता है? स्वतंत्रता सेनानियों ने क्या इसके लिए ऐसे ही अपने प्राण न्यौछावर किये हैं? क्या तुम्हें वास्तव में इस देश का इतिहास मालूम है? क्या नमक की एक-एक चुटकी का मतलब समझते हो तुम? आज नमक हमारे खाने की सबसे सामान्य सामग्री है, क्या तुम जानते हो यह नमक कहाँ से आया?"

तेज़ आवाज में बहुत सारे सवालों की वजह से मेरे दादाजी ने घर में सबको एक गहरी सोच में डाल दिया। मुझे याद है उस समय रात के ग्यारह बजे थे, आंटी सोने के लिए कह रही थीं, लेकिन सब लोग अभी चर्चा पर ही थे। मैंने कभी मास्टर जी को इतनी देर तक जागते हुए नहीं देखा था। मास्टर जी आज रात इतने बेचैन क्यों थे? मैंने क्या गलती की थी। सोते समय बहुत देर तक इन सवालों ने मुझे जकड़े रखा। अगली सुबह दादाजी मुझे जाखू पहाड़ी पर सैर के लिए ले गये। यह जगह बंदरों से भरी हुई थी और बंदरों के भरे रहने के कारण इस जंगल को पार करना काफी मुश्किल था। शिमला का इतिहास बंदरों के खाद्य सामग्री छीनने की कहानियों से भरा हुआ था। मैंने देखा कि बंदर पागलों की तरह उछल रहे थे, मुझे एक कदम भी आगे बढ़ाते हुए बहुत डर लग रहा था। जैसे-तैसे मैं रास्ते पर चल रहा था, देवदार के पेड़ पर कुछ बंदर बैठे हुए थे। पेड़ की शाखाएँ बड़ी होने के कारण बंदरों ने उस पर कूदने का रास्ता बना लिया था। उनको पेड़ पर उछलते-कूदते देख मुझे ऐसा लग रहा था जैसे कोई गोताखोर पानी में कूद रहा हो। उनके बच्चे जो बहुत छोटे तथा चतुर थे, वे सबसे अधिक फुर्तीले थे, ऐसा लग रहा था कि ये पेड़ इनकी अपनी सम्पत्ति हैं और इन पर उनका पूरा अधिकार है। उनकी आज्ञा के बिना कोई भी राहगीर रास्ता पार नहीं कर सकता था। अगर वे भूखे होते तो लोगों से खाने की चीजें झपट लेते।

अपनी ताकत का प्रदर्शन दिखाकर वे लोगों को ऐसे डरा रहे थे जो वे हमेशा याद रखेंगे। ऐसा लग रहा था कि सुबह की भूख उनको परेशान कर रही है। उनकी चीख-पुकार से मुझे बहुत डर लग रहा था। मैंने मास्टर जी की टांग को पकड़ लिया ताकि उस

बंदरों की बस्ती को पार करते समय मुझे अपने साथ रखें। उस जगह को पार करने पर तथा एक सुरक्षित स्थान पर पहुँचने के बाद मास्टर जी ने मुझसे पूछा। "राधे तुम इतना क्यों डर रहे थे? बंदर तो शिमला के लोगों के लिए सामान्य हैं और यहाँ के लोग अच्छी तरह से उनसे निपटना भी जानते हैं। उन्हें पता है कब रुकना है, कब चलना है और इन बंदरों की आँखों से कैसे बचना है और जब भी ये लोग बंदरों की बस्ती पार करते हैं तब ये हनुमान जी को याद करते हैं इसलिए ये बंदर उनके ऊपर हमला नहीं करते।" मुझे इस बात का यकीन नहीं था लेकिन मेरी आंटी जो शिमला में रहती हैं, दादाजी से सहमत थीं, उन्होंने कहा कि भगवान का नाम लोगों को बंदर कालोनी में चलते समय आत्मविश्वास देता है और वे बिना नुकसान के निकल जाते हैं। धर्म में पूर्ण विश्वास वाले परिवार का सदस्य होने के कारण, मैंने इस पर भरोसा कर लिया। रात में जब हम आग के पास बैठे हुए थे तब मैंने सबको सैर पर जाते हुए बंदरों की कालोनी वाली कहानी सुनाई, और दादाजी का सहयोग भी बताया। सब लोगों ने यह सुनकर हँसना शुरू कर दिया, मेरे हाव-भाव, मेरा डर, बीच में बंदरों का आ जाना सब इस पर चर्चा कर रहे थे। आंटी ने मुझसे पूछा तुम क्यों इतना डर रहे थे।

अब कैसे एक बच्चा अपने परिवार के सामने अपना डरना बताता। मैंने कहा "मैं डर नहीं रहा था, बस मैं थोड़ा सा घबरा गया था, क्योंकि बंदर चारों तरफ उछल कूद कर रहे थे और हंगामा मचा रहे थे।" मास्टर जी ने सामान्य होकर कहा, "लेकिन वे बिना किसी वजह के ही अस्त-व्यस्त घूम रहे थे पर तुम किस चीज पर घबरा गये थे?"

मैंने कहा "क्योंकि वे एक अराजक ढंग से व्यवहार कर रहे थे, तथा उन्हें इंसानों की पीड़ा से कोई मतलब नहीं था।" दो दिन बाद

अभी मैंने मास्टर जी के चेहरे पर मुस्कान देखी, उन्होंने मुस्कुरा कर कहा, "इन बंदरों को बिना डरे उछलते कूदते देखने में बहुत मजा आ रहा था–उन्होंने सिर्फ पूर्ण मुक्ति में खुद को रखा था।" मैं मास्टर जी से सहमत नहीं था, मैंने कहा, "तो क्या? वे दूसरों के लिए समस्या पैदा कर रहे थे और वे दूसरों के लिए पूरी तरह से गैर ज़िम्मेदार थे।" अचानक मास्टर जी ने ज़ोरदार ताली बजाना शुरू कर दी, और मुझसे दोबारा वही बात बोलने के लिए कहा। मुझे सुनने के बाद उन्होंने कहा, "क्या तुम्हें लगता है कि एक पुलिस वाला इन बंदरों पर नियंत्रण कर पाएगा?" मैंने सोचा, यह कैसे संभव है। अब एक पूरी कहानी बन गई थी। मास्टर जी ने कहना शुरू किया "ये बंदर पूर्ण स्वतंत्र हैं और इनके व्यवहार पर किसी पुलिस का भी नियंत्रण नहीं, और उन्हें जरा भी किसी की परवाह नहीं, वे पूर्ण रूप से मुक्त हैं, पर क्या यह स्वतंत्रता है?"

यह मेरे लिए एक बड़ा प्रश्न था, मैं कुछ देर तक इसके बारे में सोचता रहा लेकिन मैं नहीं समझ पा रहा था और यह मुझ से परे था। इसलिए अब मास्टर जी ने सबको समझाया कि "स्वतंत्रता जिम्मेदारी के साथ आती है जिम्मेदार आचरण स्वतंत्रता की भावना को मजबूत करता है गैर-जिम्मेदार आचरण स्वतंत्रता की महत्ता को घटा देता है।"

दूसरे दिन, मेरी दादी जी को चंडीगढ़ के अस्पताल भेजा गया वहाँ जाने के लिए हमने बस से सफ़र किया। जैसे ही बस पहाड़ी रास्ते से निकली मैं शिमला की सैर के बारे में और जो मैंने सबसे महत्त्वपूर्ण शिक्षा यहाँ सीखी उसके बारे में सोच रहा था कि "स्वतंत्रता और जिम्मेदारी हाथ में हाथ डाले हुए चलती हैं। एक के बिना दूसरी अधूरी है।"

चंडीगढ़ की यात्रा के बारे में मैं सोच रहा था कि मैदान किस प्रकार के दिखेंगे। मैंने कभी पूरे मैदान नहीं देखे थे और मैं ऐसी जगह की कल्पना कर रहा था जहाँ पर कोई पहाड़ी ना हो। रास्ते में मैं सोच रहा था कि कोई कितनी दूर तक देख सकता है। क्या इसका यह मतलब था कि हम चंडीगढ़ से बहुत दूर दिल्ली तक देख सकते हैं? चंडीगढ़ में सबसे ऊँची इमारत पर खड़े होकर क्या मैं कुतुब मीनार देख सकता हूँ? अगर वह नहीं तो क्या कुरुक्षेत्र और अम्बाला नज़र आएँगे? इन सवालों ने मुझे सम्पूर्ण यात्रा पर व्यस्त रखा। यह एक नई दुनिया की तरह था। पहाड़ियों से चंडीगढ़ शहर बहुत अच्छा लग रहा था।

जैसे ही हम बस से उतरे, मेरे समक्ष एक नई दुनिया थी। बड़े शहर में यह मेरी पहली यात्रा थी। मैं इतना ट्रैफिक देखने के बाद खुश था। बाद में जब हम बस स्टैंड से बाहर की ओर गए मुझे लग रहा था जैसे मेरे चारों तरफ कोई मेला लगा हो। मैंने बहुत लोगों, बहुत अधिक बसों और संचालकों की तेज आवाजों की कल्पना नहीं की थी। मैंने सोचा, ''बड़े शहर में आपका स्वागत है।'' दादीजी को एक रिश्तेदार के घर छोड़ने के बाद मैंने और दादाजी ने एक धर्मशाला जाने के लिए साइकिल रिक्शा किराये पर लिया।

बड़े शहर में यह मेरी पहली सवारी थी। चंडीगढ़ को स्वच्छ व व्यवस्थित देखकर मैं बहुत प्रभावित हुआ।

गाँव में हमारे बुज़ुर्ग कहा करते थे कि बड़े शहर बुरे होते हैं, क्योंकि बड़े शहर के लोग किसी पर विश्वास नहीं करते तथा उनके पास जीवन के लिए समय नहीं होता। मैंने सोचा, ''वे कितना गलत कहा करते थे।'' एक साफ-सुथरा शहर था, यहाँ बसें भी निर्दिष्ट स्थान पर आया-जाया करती थीं। चंडीगढ़ में सबसे सुखद साइकिल

रिक्शा की सवारी सुखना झील तक और सेक्टर 17 का जादू था। सिनेमाघर, दुकानें, खाने की चीजें तथा अच्छे कपड़े पहने हुए लोग इस शहर की सुंदरता को बढ़ा रहे थे। यह मेरे गाँव से बिल्कुल अलग था। 17 सेक्टर में शाम गुजारना मेरे लिए एक नया अनुभव था। यह मेरी कल्पना से परे था। सुसज्जित पुरुष और महिलाएँ आपस में बैठकर बातें कर रहे थे। मैंने सोचा, "यह रहने वाली जगह है।" जब मैं नलसर में स्कूल से आता तो रास्ते में हम चार लोग ही होते और हम केवल अपने बारे में तथा गाँव की खेती के बारे में ही बातें करते। चंडीगढ़ में छात्र समूहों में होते और रोमांचक काम करते जैसे–सिनेमा हाल में जाकर फिल्म देखना। मास्टर जी ने किसी को भी फिल्म में ना जाने का आदेश दिया हुआ था। मैंने सोचा, "चंडीगढ़ के बच्चे कितने स्वतंत्र हैं, उन पर कोई पाबन्दी नहीं उनके दादा तथा और कोई नहीं जो उन्हें रोके, और वे किसी भी समय फिल्म देख सकते हैं।"

अगले दिन जब हम दादी को लेकर अस्पताल गए, तब वहाँ दाखिल होने के लिए पहले हमें लाइन में खड़ा किया गया तथा फार्म भरवाया गया। मैं आश्चर्य में था। अस्पताल में भर्ती होने से पहले लाइन में खड़े होने की आवश्यकता क्यों है? जब मेरी दादीजी को भर्ती किया, तब उन्हें एक सामान्य कक्ष में रखा गया और जब हम उनसे मिलने गए तब पहली बार मैंने संसार की पीड़ा को देखा। दादीजी के बैड के पास एक बूढ़े आदमी लेटे थे, जिनका हाल ही में पेट का ऑपरेशन हुआ था। ऑपरेशन के बाद उनका बेटा सिंगापुर चला गया था। मैंने सोचा, "संसार कितना निर्दयी है, पिता के ऑपरेशन के एकदम बाद कोई बेटा कैसे सिंगापुर जा सकता है?"

मैंने उस कक्ष में एक कम आयु के लड़के को भी देखा, जिसे चोट लगी हुई थी। हमें बाद में पता चला कि वह सड़क पर स्कूटर चला रहा था, यह लड़का गलत दिशा से आते हुए ट्रक से बचने के लिए स्कूटर को मोड़कर ले गया था, लेकिन छोटे रास्ते पर आते समय ट्रक ने टक्कर मार दी, जिससे उसके सिर पर गहरी चोट लगी। ऐसी बहुत-सी कहानियाँ थी और अस्पताल में रहकर बड़े पैमाने पर जीवन को समझने की दिशा में ये मेरा पहला कदम था। दादीजी के अस्पताल में उन तीन दिनों ने मेरे सोचने के तरीके पर गहरा प्रभाव डाला था। मैंने लोगों की दुख एवं पीड़ा को बहुत करीब से देखा था। उन दिनों मैं एक बूढ़े आदमी से मिला, जिनका बेटा अस्पताल में भर्ती था, जाहिर तौर पर उनके बेटे के जिगर में कुछ परेशानी थी। वे मेरे मित्र बन गये और उन्होंने मुझे एक अच्छी सलाह दी कि ''आदमी की पहचान उसके दोस्तों से होती है।'' मेरे दादाजी हमेशा कहते थे किताबें इंसान की सबसे अच्छी दोस्त होती हैं तथा उसी उम्र में किसी दूसरे आदमी ने मुझे यह महत्त्वपूर्ण बात बताई थी। 'क्या इसका यह मतलब है कि मैं पढ़ी हुई किताबों के द्वारा जाना जाता हूँ, यह कैसे संभव है। लोगों को कैसे पता कि मैं कौन-सी किताब पढ़ रहा हूँ, क्या इसका यह अर्थ है कि मैं किताबी कीड़ा बन जाऊँ? पहला उत्तर मुझे तब मिला जब मैं दुकान से दवाई खरीद रहा था। मैंने देखा कि काउंटर के पीछे की दीवार पर कुछ लिखा था, लेकिन लेखक का नाम नहीं था। काउंटर पर खड़े होकर मैंने मास्टर जी से कहा, ''यह कथ्य स्वामी विवेकानन्द जी का है।'' एक महिला जो हमारे समीप खड़ी थी और अपने बिल की प्रतीक्षा कर रही थी वह मुस्कुराई और उसने कहा, ''बहुत अच्छे बेटा! तुमने सही प्रकार की किताबें पढ़ी हैं।''

इंसान की पहचान उसके साथियों से ही होती है। मुझे निश्चित रूप से इस सत्य का सबूत मिल गया था।

दूसरी शाम मैं और मेरे पिताजी शहर घूमने जा रहे थे, जबकि मास्टर जी ने दादीजी के पास रुकने का निर्णय किया। जब मैं और पिता जी साथ चल रहे थे, तब हमने शानदार बंगले, बहुत-सी गाड़ियाँ, स्कूटर देखे जो सड़कों पर घूम रहे थे। बाजार साफ-सुथरा था तथा हर कोने पर कूड़ेदान रखे थे, यह स्पष्ट था कि लोग निर्देशों का पालन कर रहे थे।

चंडीगढ़ की विविधता तथा आकार देखकर मैं हैरान था।

एक तरफ हमने बहुत सारी गाड़ियाँ और शानदार बंगले देखे। बहुत बड़े-बड़े अस्पताल देखे जिसमें हर प्रकार की सुविधाएँ थीं। अगले दिन हम नलसर आ गए। चंडीगढ़ की सैर के बाद, नलसर एक छोटे से इलाके की तरह लग रहा था। मैंने महसूस किया कि मेरे गाँव में प्रत्येक चीज़ बहुत छोटी तथा धीमी थी। मैं पूरी तरह से शहर से मुग्ध हो गया था।

पहली नजर का प्यार शायद शिमला और चंडीगढ़ के लिए बहुत गहन रूप से मुझ पर छा रहा था। मास्टर जी ने मुझसे उस दिन कहा तुम्हें ये शहर अच्छे क्यों लगे पता है? क्योंकि वहाँ के लोगों का सड़क पर आचरण उल्लेखनीय था।

क्या सड़क पर आचरण शहर के लोगों का चरित्र दर्शाता है?

शुभ शिक्षक दिवस

एक दिन हमारे विद्यालय में एक कार्यक्रम रखा गया। नेताजी अपनी कार से हमारे घर आए और सबसे पहले मास्टर जी के पाँव छुए और फिर उनको अपने साथ विद्यालय की ओर ले गए। एक ही मंच पर मास्टर जी और नेताजी, एक बहुत सुंदर नजारा प्रतीत हो रहा था। अधिक विलम्ब न करते हुए नेताजी ने अपना भाषण शुरू किया, ''आज का दिन मेरे लिए बहुत उल्लेखनीय है, मेरे पास आज ऊपर वाले का दिया बहुत कुछ है, पर शुरूआत के बीज मास्टर जी की निगरानी में ही बोए गए थे। एक बड़ी इमारत या बड़ा व्यक्तित्व इन दोनों में बहुत चीजें एक समान हैं। जब हम किसी भी बड़ी इमारत को देखते हैं, तो उसकी ऊँचाई नापना शुरू कर देते हैं, ऊपर चढ़कर नीचे दिखती हुई चीजों को छोटा देखकर आश्चर्य करते हैं। क्या आप जानते हैं कि किसी भी बड़ी इमारत को मजबूती कहाँ से मिलती है। ऊँची से ऊँची इमारत को ताकत मिलती है उसकी नींव से। नींव उस इमारत का वह हिस्सा होता है जो दिखता तो किसी को भी नहीं है पर उसकी सुदृढ़ता पर ही पूरी इमारत का भार पड़ता है।

हम गाँवों में रहते हैं और हमारे चारों ओर इतने सारे पेड़-पौधे हैं। जब भी आँधी-तूफान आता है कुछ पेड़ उखड़ जाते हैं और कुछ पेड़ आँधियों में अडिग रहते हैं जैसे कुछ हुआ ही न हो। पेड़ों

की जड़ें उनकी नींव होती हैं और उनको आँधी-तूफान को झेलने की क्षमता देती हैं। उसी तरह किसी भी ऊँची इमारत की मजबूती उसकी नींव से आती है। नींव आपकी शख्सियत का वह हिस्सा होता है जो किसी को दिखता नहीं है, पर महसूस सबको होता है।

आज मैं सरकार में एक अहम स्थान पर हूँ, पर मेरी जड़ें इसी विद्यालय से जुड़ी हुई हैं और मास्टर जी ने उनको विकसित करने के लिए महत्त्वपूर्ण योगदान दिया है। हमारे अध्यापकगण हमारी जड़ों को विकसित करने के लिए अथक परीश्रम करते हैं और इसी से एक सुदृढ़ समाज का निर्माण होता है। मुझे खुशी है कि आज मास्टर जी हमारे साथ इस स्थान पर मौजूद हैं और मैं उनसे विनती करूँगा कि अब वे यहाँ आकर अपने विचार व्यक्त करें।''

इतना कहकर नेता जी पीछे हट गए। मास्टर जी ने आते ही एक प्रश्न किया, ''कौन शिक्षक है?''

हम सभी बच्चों ने अपने-अपने पसंदीदा अध्यापक का नाम लिया। उत्तर सुनकर मास्टर जी प्रसन्न नहीं हुए और इधर-उधर देखने लगे। सभी ने एक बार फिर से नाम बोले।

मास्टर जी बोले, ''क्या आप जानते हो कि मेरा शिक्षक मात्र छः महीने का शिशु है?''

यह सुनकर हम सारे बच्चे हँसने लगे और यह सोचने लगे कि मास्टर जी आज बहुत मजाक कर रहे हैं। एक बार दोबारा जब मास्टर जी ने यह कहा तो फिर सभी ने सोचना शुरू किया। वे बोले मेरा छोटा पोता जो अभी मात्र छः महीने का है मुझे सिखाता है 'सदैव मुस्कुराते रहो।' एक अंग्रेज अधिकारी से भी मैंने बहुत कुछ सीखा। अब एक अंग्रेज जो कार्यालय में काम करता था, वह एक किसान का अध्यापक कैसे हो सकता है? यह एक अटपटा विचार

था ये सब लोग तो काम कर रहे थे, पढ़ा तो नहीं रहे थे, फिर वे अध्यापक कैसे बन गए। सभी बालक जो अब तक शांत खड़े थे बोले, ''महोदय, हिंदी तथा अंग्रेजी पढ़ाने वाले लोग ही शिक्षक या अध्यापक हैं।''

मास्टर जी ने एक प्रश्न बच्चों से पूछा, क्या आपकी माता आपकी अध्यापिका रही हैं? एक स्वर में उत्तर आया, ''हाँ जी''। पर क्या उन्होंने आपको कुछ पढ़ाया?

आज इस कथन पर बहुत हँसी आती है क्योंकि जीवन में पहले कदम तो माँ ही सिखाती है। माँ से बड़ा शिक्षक कोई हो ही नहीं सकता।

अपनी बात को आगे बढ़ाते हुए मास्टर जी ने कहा, ''सुबह दूध समय पर नहीं आए तो क्या हमारा दिन निर्धारित तरीके से चल पाएगा? क्या हमारे विद्यालय में कार्यशील लोगों के सफाई करने या न करने से आपको कोई फर्क पड़ेगा? हम अपना कार्य ठीक से नहीं कर पाएँगे। तो इनसे यह सीखने को मिलता है कि यदि हम अपना कार्य पूर्ण रूप से निर्धारित समय पर न करें तो सभी लोगों के कार्य में जो हम पर निर्भर हैं, विलम्ब आ सकता है। शिक्षक हमें हर समय मिल जाएँगे पर क्या हम शिक्षा ग्रहण करने के लिए तैयार हैं? यह प्रश्न आपको एक अच्छा शिष्य बना सकता है।

शिक्षक हमारे सामने हर एक रूप में खड़े हैं, पर क्या हम अपना अहंकार त्याग कर एक विनम्र स्वभाव से हर एक घटना से कुछ सीख ले सकते हैं। यदि हाँ तो शायद आपके लिए हर पल कुछ नई शिक्षा लेकर आएगा।

शिक्षक तो सभी हैं। क्या मैं सीखने के लिए तैयार हूँ?

दिल्ली अभी दूर थी

मैं सातवीं कक्षा में था जब मास्टर जी ने कहा कि हम आगरा एवं दिल्ली घूमने जाएँगे। एक गाँव में रहकर दिल्ली तथा आगरा जाने का विचार एक स्वप्न की तरह ही था। इन शहरों के बारे में इतना कुछ सुन रखा था कि अब बस लाल किला, ताज महल, कुतुब मीनार तो मेरा इंतजार ही कर रहे थे। मास्टर जी ने मुझे बताया कि हम चंडीगढ़ से दिल्ली रेल से जाएँगे, मेरी उत्सुकता तो दोगुनी बढ़ गई। यह रेल यात्रा एक नया अनुभव होगा और मेरे सभी मित्र मुझ से बहुत इज्जत से पेश आ रहे थे।

हम लोग चंडीगढ़ समय से पहुँच गए और रेलवे स्टेशन पर रेल के निर्धारित समय से दस मिनट पहले पहुँचे। मैं बहुत उत्साहित था। समय रुक सा गया था और दस मिनट जैसे एक घंटे के समान हो गए थे। मेरी उत्सुकता को देखकर मास्टर जी ने पास वाले बुक स्टॉल से कॉमिक लाने को कहा। मैं भौंचक्का रह गया क्योंकि मास्टरजी कॉमिक पढ़ने के सख्त खिलाफ थे। ऐसा क्या हो गया, मैं समझ नहीं पा रहा था। क्या मास्टर जी की शख्सियत का यह कोई नया पहलू था? मैं कॉमिक लेकर पहुँचा ही था कि तभी मास्टर जी जोर से बोले, "राधे! पीछे हटो, रेल आ रही है।" तभी धुआँ छोड़ते हुए इंजन दूर से आता दिखाई पड़ा। इंजन के पीछे डिब्बे चल रहे

थे और ऐसा प्रतीत हो रहा था कि डिब्बों ने अपन पूरा भार इंजन पर डाल दिया है।

मैं रेल में चढ़ा, मेरे पीछे कुली भैया जो हमारा सामान लादे हुए थे और उसके पीछे मास्टर जी थे। हमने अपनी सीट संभाली ही थी, जब रेल चल पड़ी। मेरी खुशी का ठिकाना नहीं रहा जब आसपास के पेड़ पीछे की ओर चलते प्रतीत हुए। मेरी उत्सुकता को देखकर मास्टर जी मंद-मंद मुस्कुरा रहे थे। जैसे ही हमारी रेल अम्बाला से आगे निकली, हमारी चर्चा महाभारत एवं अर्जुन के आस-पास मंडराने लगी। बच्चों को अक्सर अर्जुन एवं चिड़िया की आँख वाली कहानी सुनाई जाती है और हम लोग भी वहीं चर्चा कर रहे थे। इस चर्चा के विषय में एक चीज सीखने को मिलती है—एकाग्रचित्त रहकर अपनी इंद्रियों पर नियंत्रण। साथ में बैठे यात्री भी उत्सुकतावश हमारी बातचीत सुन रहे थे और बीच-बीच में अपनी टिप्पणी भी दे रहे थे।

कुरुक्षेत्र, करनाल निकल गया पता ही नहीं चला और अब दिल्ली के द्वार पर हम पहुँच गए। एक चीज जिसके बारे में आपने बहुत कुछ सुना हो और अब आप उसकी दहलीज पर हों तो संयम रख पाना बहुत मुश्किल होता है और दिल्ली पहुँचना मेरे लिए एक बहुत बड़े सपने का साकार होना था। जैसे ही हमारी रेल शहर के अंदर पहुँची, पटरी के दोनों ओर गंदगी देखकर मेरे मन को पहला झटका लगा। जैसे ही हमारी रेल दिल्ली स्टेशन पर पहुँची सामान उठाने के लिए एक ताँता सा लग गया। हम भीड़-भाड़ वाले स्टेशन से बाहर निकले और बस में चढ़े, इतनी भीड़ देखकर मैं बेचैन हो गया। एक अजब तरह की भागम-भाग लगी हुई थी। सभी लोग जल्दी-जल्दी कर रहे थे। मास्टर जी के मित्र के घर पहुँचकर मैंने

मास्टर जी से पूछा कि दिल्ली तो बहुत अच्छा शहर और बहुत चर्चित शहर है, लेकिन यहाँ पर तो वैसा कुछ भी नहीं है जैसा हमने सुना था। क्या यह वहीं दिल्ली है या दिल्ली ही नाम का कोई दूसरा शहर। उस शाम मास्टर जी ने मुझे समझाया कि तुमने दिल्ली के बारे में बहुत कुछ सुना था और जैसा आज देखा, वह सुने हुए वर्णन से बहुत भिन्न है। जीवन में अक्सर ऐसा होगा कि जो तुम सुनोगे और जो तुम देखोगे, उनमें बहुत फर्क होगा। कभी सुनने मात्र से ही विश्वास नहीं करना। दिल्ली की इस पहली यात्रा से मुझे बहुत कुछ सीखने को मिल रहा था।

रात को सोने के बाद अगले दिन हम आगरा के लिए रवाना हुए। 'ताज का शहर' के नाम से जाने वाले आगरा पहुँचने पर मेरी उत्सुकता थोड़ी कम हो गई थी। मैं संदेह में था कि कहीं फिर से कुछ झटका न लगे। आगरा में चारों ओर रिक्शा ही रिक्शा दिख रहे थे। जैसे ही मैंने मास्टर जी से ताजमहल के बारे में पूछा तो उन्होंने केवल इतना कहा, "राधे! तुम आज ताज को देखोगे और शाम को हम उसके बारे में बातचीत करेंगे।" इसके बाद हम ताजमहल परिसर में पहुँच गए।

सफेद चमचमाता ताजमहल, मेरे सामने था। आज तक केवल चित्रों में ही इसे देखा था, लेकिन आज समक्ष रूप में इसे किसी भी वर्णन से अधिक सुंदर पाया। इतना विशाल मकबरा! मेरी सोच अभी इसी के चारों ओर घूम रही थी, मीनारें, गुम्बद, नक्काशी–जान डालकर काम करने वालों ने काम किया होगा। आयतों का दूर से देखने पर पत्तियों की तरह प्रतीत होना, किसी सामान्य इंसान की कल्पना से परे है। मेरे दिमाग में एक प्रश्न कौंधा, इसे बनाने में कितना समय लगा होगा? मास्टर जी ने मुझे बताया कि लगभग

20 (बीस) वर्षों में इसे बनाया गया और इसके लिए सामान दूर-दराज के क्षेत्रों से मंगवाया गया था। पिछले साल हमने नलसर में गायों के लिए एक कमरा बनाया था। लकड़ी और स्लेट के चपटे पत्थरों से बने इस कमरे को दो महीनों में बनाया था और अलग-अलग कार्य के लिए भिन्न-भिन्न कारीगर लगाए गए थे। एक छोटे से कमरे को बनाने में जब दो महीने लगे तो इतने बड़े ताजमहल के लिए बीस वर्ष लगना स्वाभाविक ही लग रहा था। मुझे याद आ रहा था कि हमारे गाँव में इस कमरे के लिए हर रोज चौपाल में चर्चा होती और फिर सबसे बेहतर तरीके से काम होता। ताजमहल के विषय में भी बहुत चर्चाएँ और विचारों का आदान-प्रदान रहा होगा। कितने सुनियोजित तरीकों से इतने कारीगरों ने मिलकर खानों से लाए पत्थरों को तराश कर अद्‌भुत पहचान दी है, निस्संदेह ही यह विश्व के एक अजूबे से कम नहीं है।

एक बहुत अच्छे सोच-विचार कर के सुनियोजित तरीके से बनाई गई यह इमारत बता रही थी कि अच्छी एवं सुदृढ़ भवन बनाने की कला में हमारे देश के शिल्पी युगों से निपुण हैं। हम ताजमहल को निहारते रहे और यह सोचते रहे कि यदि मनुष्य चाहे तो क्या नहीं कर सकता। मास्टर जी ने उस समय मुझसे कहा, "राधे! ताजमहल इंसानी काबिलियत का प्रतीक है। एक शहंशाह का सपना, योजनाकारों की कल्पना और कारीगरों की कुशलता-इन सभी को एक साथ मिलाएँ तो एक टीम जिसने मिलकर इस अद्‌भुत इमारत को मौजूदा रूप दिया।"

इन विचारों ने मेरी कल्पना को एक नई दिशा दी और मैं ताजमहल को एक बहुत पुख्ता टीम वर्क के उदाहरण की तरह देख रहा था। मैंने ताजमहल को सुंदरता और प्रेम के प्रतीक की तरह

सुना था, लेकिन आज प्रत्यक्ष रूप से इसको देखने के बाद मैं यह सोच रहा था कि ताजमहल एक प्रतिबिम्ब है एक पुख्ता विचार एवं टीम वर्क का जिसे आज मैं अपने कार्यक्षेत्र में रोल मॉडल की तरह पेश करता हूँ।

ताजमहल के दर्शन के बाद मास्टर जी मुझे एक नजदीकी ढाबे पर ले गए जहाँ स्वच्छ एवं उचित मूल्य का खाना मिल रहा था। हाथ धोने के पश्चात हम लोग एक टेबल पर बैठ गए। हम लोग भोजन का इंतजार कर रहे थे और तभी हमारे साथ वाले टेबल पर एक बुजुर्ग शख्स और उनका परिवार आकर बैठ गए। बुजुर्ग शख्स ने मास्टर जी से बातचीत की शुरूआत की। उन्होंने बताया कि वे लोग मेरठ से आए थे और अपनी यात्रा का वर्णन कर रहे थे। उन्होंने कहा कि ताजमहल का यह मेरा तीसरा दौरा है और हर बार मुझे नया एहसास होता है। मैंने सोचा कि यह बुजुर्ग आदमी जरूर सठिया गए हैं और एक ताजमहल इन्हें अलग-अलग ढंग से दिख रहा है। लेकिन मास्टर जी ने उनकी बातों में दिलचस्पी लेना शुरू कर दी। यह देखकर मैं बहुत चकित रह गया क्योंकि मास्टर जी कभी इतनी जल्दी किसी अनजान व्यक्ति से बातचीत शुरू नही करते थे। मालूम नहीं कि दोनों के बीच में ऐसा क्या हुआ कि वे लोग बैठकर बातचीत में इतने मशगूल हो गए कि उनको समय की सुध-बुध ही नहीं रही। इसी बातचीत के दौरान वह बुजुर्ग व्यक्ति बोले वे ताजमहल भ्रमण करने आज तीसरी बार आए हैं और तीनों बार उन्हें एक नया रूप देखने को मिला। मास्टर जी से कहा, "जब मैं पहली बार यहाँ आया तब अपने मित्रों के साथ था और हम यहाँ पर यहीं सोच रहे थे कि इस इमारत को बनाने के लिए कितनी मेहनत लगी होगी, दूसरी बार जब मैं अपनी पत्नी के साथ आया तब यहाँ पर

आकर ताज की सुंदरता में खो गया एवं पूर्णिमा की रात को ताज का दीदार देखते ही बनता है, आज तीसरी बार अपनी पत्नी के देहांत के पाँच वर्ष बाद आया हूँ और प्रेम की भावना से आज ताज को देखा तो एक नया रूप देखने को मिलता है।''

शाम को दिल्ली जाने के लिए मैं और मास्टर जी बस में बैठे और हमें आमने-सामने की सीटें मिली। इस सफर के दौरान मैंने मास्टर जी से ताजमहल के इतिहास के बारे में सुनना चाहा और काफी जानकारी हासिल की। एक प्रश्न का उत्तर मुझे अभी तक नहीं मिला था कि वह बुजुर्ग व्यक्ति तीन अलग ढंग से ताजमहल को कैसे देख सकता था। उत्सुकतावश मैंने मास्टर जी से पूछ ही लिया कि एक ही चीज़ के तीन वर्णन कैसे हो सकते हैं? दो मिनट तो मास्टरजी सोचते रहे फिर उन्होंने मेरे बैग की ओर इशारा किया। यह बैग मेरे और मास्टर जी के बीच में रखा हुआ था। मास्टरजी ने पूछा कि तुम्हें क्या दिख रहा है? मैंने कहा कि मुझे इस बैग के बकल्स दिख रहे हैं। मास्टर जी ने कहा पर मुझे तो दो पिन और एक छोटा ताला नजर आ रहे हैं। मैं कुछ समझ नहीं पाया और अपना प्रश्न दोहराया। मास्टर जी ने पुनः वहीं उत्तर दिया। मैं कुछ सोचने लगा, तभी उन्होंने कहा कि आप जहाँ बैठे हैं, वहाँ से आपको बैग के बकल्स दिख रहे हैं और मुझे यहाँ से इसकी पिन और ताला नजर आ रहे हैं।

मास्टर जी मुस्कुरा कर बोले, ''हमारा नजरिया और वातावरण यह तय करता है कि कोई चीज कैसे प्रतीत होती है। अभी यह बैग तुम्हें एक ढंग से प्रतीत हो रहा है और मुझे दूसरे, पर यह बैग तो एक ही है।'' मुझे अपने प्रश्न का उत्तर मिल गया और एक बहुत बड़ी सीख मिल गई थी कि यदि कुछ भी निर्णय लेना हो तो

विभिन्न परिस्थितियों को मद्देनजर रखते हुए निर्णय लेना चाहिए–एक सीख जिसे मैंने जीवन भर अपनाने की कोशिश की।

शाम को हम मास्टर जी के मित्र के घर पहुँचे चाचीजी का भी थोड़ा हृदय परिवर्तन हो चुका था। अब चाचीजी मुझसे बहुत प्रेमपूर्वक व्यवहार कर रही थीं। उन्होंने मुझ से कहा, "मैं तुमसे बहुत नाराज हुई थी, पर बाद में मुझे बहुत खराब लगा था। अब मुझे बताओ कि तुम्हें आगरा कैसा लगा?"

मैं बहुत खुश था और मैंने कहा, "ताजमहल एक बहुत सुंदर एवं विशाल मकबरा है और वास्तव में उसे देखकर मैंने बहुत कुछ सीखा है।" मेरा उत्तर सुनकर चाचीजी थोड़ा सोच में पड़ गयीं कि ताजमहल में सीखने की क्या बात है। उस शाम जब उनके बच्चे दीपक और गीता घर आए तो हम तीनों बच्चे बहुत देर तक खेलते रहे। खाना खाने के बाद हम सब ड्राइंग रूम में एकत्रित हो गए और फिर ताजमहल की बातें शुरू हो गई। उन्होंने ताजमहल के बारे में सुना था और स्कूल में पढ़ा भी था, पर वे लोग आगरा गए नहीं थे, इसलिए उनकी उत्सुकता बहुत बढ़ गई थी। मैं उन्हें बता रहा था कि ताज तक कैसे पहुँचा जाए और किन चीजों को ध्यान से देखना चाहिए। कुरान की आयतें और उनकी सुंदरता के बारे में बताते मैं सो गया। अगले दिन सुबह उठकर हम सभी लोग जल्दी तैयार हो गए। दिल्ली दर्शन का आरम्भ हमने राजघाट जाकर किया। मास्टर जी महात्मा गाँधी जी के बहुत बड़े अनुयायी थे। उनका मानना था कि शांति और अहिंसा से कार्य करने में थोड़ा समय लगता है पर काम पूरा हो जाता है। उनका कहना था कि गाँधीजी की महानता का सबसे बड़ा कारण था उनका समूचे राष्ट्र का भ्रमण करना, लोगों से मिलना, उनकी बातों को समझना और अपने विचारों को उनके

अनुसार ढालना। अपने गाँव में भी मास्टर जी अक्सर सभी गाँव वालों से और आसपास के गाँवों में रहने वाले लोगों से मिलते, उनकी समस्याओं को समझते और सुलझाने की कोशिश करते। शायद इसीलिए हमारे गाँव एवं नजदीक के गाँवों के लोग उनसे शादी-ब्याह, फसल, ज़मीन के बंटवारे के बारे में सलाह लेने अक्सर आते थे।

मुझे नहीं पता पर राजघाट के उस शांत माहौल में प्रेम, शांति, अहिंसा एक एहसास हो रहा था। राजघाट से बाहर निकल कर हम लोग लालकिला पहुँचे। मास्टर जी ने बहुत उत्साहपूर्वक इशारा करते हुए कहा, "बच्चों यह वह स्थान है जहाँ पण्डित नेहरू ने पहली बार स्वतंत्र भारत का झंडा फहराया था।" इतना कहते-कहते उनकी आँखें भर गयी थीं। मास्टर जी भी कभी रो सकते थे, मैंने कभी सोचा न था पर शायद लाल किले पर तिरंगे का फहराना, एक नए जीवन की शुरूआत थी, एक स्वावलंबन की। लाल किले के भीतर प्रवेश करने के बाद हम लोग एक मैदान में पहुँचे। थोड़ी दूर चलने पर वहाँ एक सभास्थल जैसा स्थान प्रतीत हो रहा था। हम लोग यूँ ही बोल पड़े कि यह क्रीड़ास्थल रहा होगा और सारे बच्चे यहाँ पर खेलते होंगे। हमारी ओर देखते हुए मास्टर जी ने कहा, "यह क्रीड़ास्थल नहीं दीवान-ए-आम है जहाँ पर आम जनता का दरबार लगता था और थोड़ी ही दूरी पर दीवान-ए-खास है जहाँ सभी लोगों को जाने की इजाजत नहीं थी।"

बचपन में न तो आम और खास के बीच के भेद को समझने की कोशिश की जाती है और न ही यह समझ आता है, पर कुछ फर्क है आम जनता और खास जनता के बीच, इतना समझ में आ रहा था। इसके बाद लाल किले का भ्रमण करने के बाद हम लोग

इंडिया गेट पहुँचे। खुला वातावरण और भाग-दौड़ करने की छूट, ये चीजें हम लोगों को भा गईं और हम तीनों बच्चे आपस में खेलने में इतने मशगूल हो गए कि शाम कब हुई इसका हमें पता भी नहीं चला। चाचीजी ने हमें घर चलने के लिए कहा, तब हमें मालूम पड़ा कि शाम ढल चुकी है। शाम घर पहुँच कर हम सभी थक गए थे और जल्दी सो गए।

हम लोग सुबह ही घूमने के लिए निकल पड़े। जब मुझे बताया गया कि हम राष्ट्रपति भवन के बहुत निकट थे, मेरा उत्साह दोगुना हो गया। यह विचार कि मैं उस समय राष्ट्रपति जी से इतना दूरी पर था जितना मेरे घर से मेरा स्कूल है। यह मेरे लिए बहुत रोमांचक पल था कि नलसर से आने के बाद मैं राष्ट्रपति जी के इतनी समीप था। वाह! मास्टर जी और मैं चाँदनी चौक पहुँचे और हमारी शुरूआत खारी बावली से हुई। मास्टर जी ने बताया कि यहाँ पर सबसे सच्चा और विश्वासपूर्वक व्यापार होता है। छोटी-छोटी दुकानों के बाहर मसालों के सैम्पल रखे हुए थे और ऑर्डर लिए जा रहे थे। मास्टर जी ने कहा, "हम यहाँ पर अपना ऑर्डर दे देंगे और पैसे भी दे देंगे, सामान हमारे पते पर पहुँचा दिया जाएगा।" कितना विश्वास और भरोसा था उस समय। मैंने उत्सुकतावश पूछा, "अगर सामान सही जगह पर नहीं पहुँचाया या फिर ठीक क्वालिटी का नहीं दिया तो?" मास्टर जी ने मुझे बोला, "क्या तुम जानते हो कि पूरे जीवन में सबसे महत्त्वपूर्ण संपत्ति क्या होती है? विश्वास। विश्वास पाने में तो बहुत समय लगता है पर खोने में एक पल भी नहीं लगता। इन व्यापारियों ने इस व्यापार को बनाने में सालों की मेहनत की है, एक छोटी सी गलती करके उसे वह बर्बाद नहीं करेगा।" मैंने इसको बहुत ध्यान से सुना पर इसका मतलब मुझे जीवन में काफी मेहनत

के बाद समझ में आया। बाहर निकलते समय हमने रिक्शा किया। मास्टर जी ने रिक्शा वाले से बल्लीमारान की गलियों से होते हुए जाने के लिए कहा। मैंने कभी इस जगह का नाम नहीं सुना था इसलिए मैं थोड़ा सा उलझन में पड़ गया। न जाने ऐसा क्या है कि मास्टर जी ने मुझे पहले कुछ बताया ही नहीं या हो सकता है यह प्रोग्राम अकस्मात ही बन गया होगा। अभी हमारा रिक्शा गलियों से निकला ही था कि मास्टरजी ने रिक्शा वाले से कहा, "क्या तुम मुझे मिर्जा गालिब के घर के पास ले जा सकते हो?" दोनों के बीच में क्या बातचीत हुई मुझे समझ में नहीं आई पर मुस्कुराते हुए हम लोगों ने बल्लीमारान के इलाके में प्रवेश किया। मिर्जा गालिब का नाम मैंने घर में सुना था क्योंकि मास्टर जी के कमरे में मिर्जा गालिब की कुछ किताबें थीं और मास्टर जी अक्सर आराम करने के समय पढ़ा करते थे। जिस तरह से मास्टर जी गलियों को और घरों को निहार रहे थे, ऐसा लग रहा था कि किसी को ढूँढ रहे हों। मुझे तब तो यह समझ नहीं आया।

बल्लीमारान से होकर हम लाल किले के पास पहुँचे। अभी पिछले ही दिन हम लोग लाल किले के अंदर गए थे। आज हम लोग बाहर से ही लाल किला देखकर वापिस आना चाहते थे। अभी बल्लीमारान की यादें ताजा ही थी जब हमारे समक्ष लाल किले पर फहराता तिरंगा नजर आया। आज हवा में कुछ तेजी थी और तिरंगा भी ऐसे लहरा रहा था जैसे किसी खुशी को मना रहा हो। मास्टर जी ने तिरंगे की ओर देखते हुए कहा, "क्या तुम जानते हो कि तिरंगा हम से क्या कहता है?" तिरंगा, हमारा राष्ट्रध्वज क्या कहता है, मैं कुछ समझ नहीं पा रहा था। मास्टर जी ने मुझसे फिर से पूछा पर मेरे पास कोई उत्तर नहीं था। मुझे असमंजस की स्थिति में देखकर

मास्टर जी मुझसे कहा, ''ध्यान से देखो अशोक चक्र के चौबीस अर्रे, चौबीस घंटे प्रगति को दर्शाते हैं। यह अशोक चक्र सफेद पृष्ठभूमि में है, सफेद यानि शांति का प्रतीक यानि चौबीस घंटे प्रगति एक शांत पृष्ठभूमि में। सफेद रंग गेरूए एवं हरे रंग के बीच में। हमारा तिरंगा दर्शाता है—चौबीस घंटे प्रगति, एक शांति की पृष्ठभूमि में—गेरूए एवं हरे रंगों के बीच की शांति।

शांति—हरे और गेरूए के बीच में।''

भारत का ध्वज
—प्रगति, शांति की पृष्ठभूमि में,
शांति-हरे और गेरुए के बीच में।

गर्भनाल का टूटना

मैंने अपनी पढ़ाई पूर्ण की और दिल्ली की अर्धसरकारीय संस्था ने मुझे नौकरी के लिए आमंत्रित किया। मैं अपने गाँव का पहला युवक था जिसे उस उम्र में नौकरी मिली। पूरा गाँव मेरी तारीफ से भर गया। मेरे माता-पिता, मेरे रिश्तेदार, मेरे मित्र, मेरे घर बधाई देने आये। उस शाम पूरा गाँव उत्सुकता से भरा था जैसे सब खुशियाँ मना रहे थे। सच में मैं भी आत्मनिर्भर हो गया था। यह बहुत गर्व व खुशी की बात थी, जो सपना मैं अपने पिता जी व मास्टर जी की आँखों में देखा करता था। जाहिर सी बात थी उस उम्र में पहला युवक था जो नौकरी के लिए दिल्ली जा रहा था। ऐसा लग रहा था मानो नलसर में सभी को मुझ पर गर्व हो, यानि उस समय मैं सभी की आँखों का तारा बन गया था।

यह परिस्थितियाँ मेरे लिए स्वप्न जैसी थीं, सभी मुझे प्रेम और सम्मान की दृष्टि से देख रहे थे।

उस शाम मेरे बचपन के मित्र सोहन ने मुझे गाँव के तालाब के पास बुलाया। शाम रात में ढल रही थी जब मैं वहाँ पहुँचा, सोहन पीपल के वृक्ष के नीचे अकेला बैठ कर मंद स्वर में कुछ गुनगुना रहा था। मुझे देखते ही शायद उसके संयम का बाँध टूट गया और वह जोर से चिल्लाया, ''राधे! तुम बहुत जल्दी बदल गए मेरे दोस्त।'' इससे पहले कि मैं कुछ समझ पाता, वह बोला, ''बड़े शहर

जा रहे हो, अब तो हम सभी लोग छोटे गाँव के रह जाएँगे और तुम हमसे बात भी नहीं करोगे। कल भी मैंने तुम्हें दो बार पुकारा, किन्तु तुमने मुझे नजरअंदाज कर दिया।'' उसकी आवाज में रूदन भाव था। मैं चुपचाप उसकी बात सुनता रहा पर एक विचार ने मेरे मस्तिष्क में दस्तक दे दी कि मैं नलसर से दूर जा रहा हूँ, दिल्ली एक बड़े शहर में, ये दोस्त-मित्र सब कुछ यहीं पर छूट जाएँगे, शायद यही जीवन में आत्मनिर्भरता का मतलब है।

इस विचार ने मुझे अंदर तक दहला दिया और मैं पूरी तरह से असुरक्षिता एवं असहायता के विचारों में डूब गया। मेरी खामोशी को देखकर सोहन भी शायद मेरे ख्यालों को समझ गया और हम दोनों ने उस शांत वातावरण में फूट-फूट कर रोना शुरू कर दिया। हम दोनों कुछ देर तक एक साथ रोते रहे और फिर एकाएक जोर-जोर से हँसने लगे। इस अट्टाहास के बीच हमने एक दूसरे को गले लगाया और कहा, ''शायद बीता हुआ समय हमारी यादों में बहुत अच्छे अनुभवों के साथ रहेगा।''

आज भी जब मैं सोचता हूँ तो ऐसा लगता है कि बचपन के मित्र और मासूमियत की बिसात पर बने रिश्तों का दुनिया में कोई भी दूसरा विकल्प नहीं है। इसके बाद हम दोनों इकट्ठे बैठे रहे और अपने बचपन की यादों को ताजा करके उन पर हँसते रहे। रात काफी हो गई थी और हम लोग उठकर अपने घर की ओर चलने लगे। चुपचाप चलते समय यह एहसास हम दोनों को था कि तालाब किनारे बैठकर वार्तालाप करने का समय शायद हमें अब दोबारा न मिले।

भारी मन से मैं अभी घर के अंदर पहुँचा ही था कि मास्टर जी, जो शायद मेरा इंतजार कर रहे थे, ज़ोर से बोले, ''अफसर साहब

का घर में स्वागत है।" पहले मुझे लगा कि देर से आने पर मास्टर जी मुझे उलाहना दे रहे हैं, पर उस स्वागत में एक विश्वास था, खुशी थी, अपनापन था। मैं मुस्कुरा कर मास्टर जी के पास बैठ गया। इससे पहले कि मैं कुछ बोलता, मास्टर जी बोले, "राधे, आज आने में बहुत देर कर दी, तुम्हारी माँ कब से तुम्हारे मनपसंद पकवान बनाए बैठी, तुम्हारा इंतजार कर रही है। अब तो तुम सचमुच बड़े अफसर बन गये हो। सभी लोग तुम्हारा इंतजार करते हैं।" मुझे कुछ समझ नहीं आ रहा था, सभी लोग इतने खुश हैं और मुझे ऐसा लग रहा है जैसे मैं अकेला हो जाने वाला हूँ। क्या कोई भी मेरी भावनाओं की कद्र नहीं कर रहा? अभी कुछ दिनों के बाद जब मैं यहाँ पर नहीं रहूँगा तो क्या मुझे इतनी इज्जत मिलेगी (नई जगह पर)?

यह आशंका मेरे अंदर काफी प्रबल हो चुकी थी और शायद मेरे चेहरे पर अब इसके भाव भी प्रकट होने लगे थे। भोजन के उपरांत मैं अपने पिताजी के साथ बैठकर दिन भर की गतिविधियों पर चर्चा कर ही रहा था जब मेरी माँ आयीं और बोलीं, "राधे! अपना मन छोटा नहीं करते बेटा। तुम्हें यह चिंता व्यर्थ ही सता रही है। तुम कुछ समय के बाद एक नए स्थान पर जाओगे जहाँ तुम किसी को भी नहीं जानते। एक ऐसे वातावरण में जहाँ कोई तुम्हारा अपना नहीं होगा और शायद जरूरत पड़ने पर कोई तुम्हारी मदद करने भी न आए। नए माहौल में नई चुनौतियाँ और कई तरह की कठिनाइयाँ भी आएँगी, कुछ चीजों के हल तुम्हें पता होंगे और कुछ के नहीं। कभी-कभी चुनौतियाँ बिना पूर्वानुमान के आएँगी और शायद कभी तुम्हारे साथ कार्यरत सहयोगी भी चुनौतियाँ खड़ी कर सकते हैं। ऐसे किसी भी समय में दो बातों पर विशेष ध्यान करना, पहला

आत्मविश्वास और दूसरा धैर्य। बड़ी से बड़ी चुनौती भी इन दोनों के सामने हार जाती है।''

मैंने अपनी माता को सदैव भोजन बनाते हुए या फिर सब्जियाँ उगाते हुए खेत में देखा था। एक साधारण, सरल गृहिणी इतनी सहजता से जीवन का इतना गूढ़ ज्ञान दे सकती है, मैंने कभी सोचा भी नहीं था। उत्सुकतावश मैंने उनसे पूछा, ''माँ, आप तो हमेशा घर पर ही रहती हो, आपने इतना कुछ कहाँ से सीखा?'' मेरा प्रश्न सुनकर माँ बोलीं, ''राधे, विवाह से पहले मैं तुम्हारे नाना के घर में थी (नजदीक के गाँव में)। विवाह पश्चात जब मैं नलसर आई तो मेरे लिए यह एक नया वातावरण था। सभी लोग नए थे, परिवार संभालना था और तुम्हारे पिताजी हाथ भी बँटाना था। आत्मविश्वास और धैर्य, ये दो बातें हैं जो हमें किसी भी माहौल में उन्नति की राह पर सहायता करती हैं। मेरा यह मानना है कि दिल्ली में तुम्हें हर तरह के लोग मिलेंगे, इन सभी के बीच में रहकर तुम्हें अपनी पहचान बनानी है। मेरा विश्वास है कि तुम किसी भी तरह की परीक्षा में सफल होंगे, बस आत्मविश्वास और धैर्यपूर्वक अपना कार्य करते रहना। अब रात बहुत हो गई है बाकी बात सुबह करेंगे।''

अपने कमरे में आकर मैं सोच रहा था कि आज मैंने अपनी माँ का एक नया रूप देखा है। आज से पहले मेरी माँ से कभी इतनी गहन बातचीत नहीं हुई और आज जब हुई है तब मैं यहाँ पर ''कुछ ही दिनों का मेहमान हूँ।'' आज मुझे बहुत रोना आ रहा था। शायद परिवार की इन बातों से मैं दूर होने जा रहा था, परिवार यानि वे लोग जो मेरी खुशी में खुश होते हैं, मेरे दुख में दुखी होते हैं। जो मेरी खुशी और दुख में सदैव सम्मिलित होते हैं। पर माँ के साथ इस वार्तालाप ने एक नई आशा की किरण को जन्म दे दिया था–अपनी

पहचान बनाने का। नलसर में बाकी के दिन आवभगत, शिष्टाचार के वातावरण में गुजरे और आखिरकार वह दिन भी आ गया जिस दिन मुझे दिल्ली के लिए रवाना होना था।

सुबह का शांत वातावरण था, शांति–एक खुशी की–बच्चा बड़ा हो गया और अपने पाँव पर खड़ा होने के काबिल बन रहा है और शांति–एक दुख की–आज हमारे हृदय का टुकड़ा हमसे बहुत दूर जा रहा है। सुबह दूध के गिलास के साथ जब माँ आयीं तो उनकी आँखों की नमी काफी कुछ कह रही थी। मेरे पास बैठकर और अपने हाथ को मेरे माथे पर रखकर वे बोलीं, ‘‘राधे, अब तुम दोबारा न जाने कितने समय के बाद आओगे (1 या 2 साल)। हो सकता है कि अगली बार जब तुम नलसर आओ तो कुछ लोगों को यहाँ न पाओ, तो जाते समय सभी को इतना स्नेह देते हुए जाओ कि तुम्हारे मन में कभी यह भावना न रहे कि कुछ भाव व्यक्त करने का समय नहीं मिला।’’

यह सुनकर मैंने सभी बड़ों के कमरे में जाकर, चरणवंदना करके, उनसे आशीर्वाद लेकर मास्टर जी के पास गया। आज उनकी आँखें भी भरी हुई थीं। अपने बटुए में हाथ डालकर उन्होंने मुझे इक्कीस रुपए दिए और कहा, ‘‘राधे, शायद जब तुम अगली बार नलसर आओ तो मुझे न पाओ, पर इतना जरूर है कि मैंने तुम्हारे पिता को एक वचन दिया था कि मैं तुम्हें आत्मनिर्भर बना दूँगा, और मेरा विश्वास है कि तुम हमारा नाम रोशन करोगे।’’

अब घर से चलने का समय हो गया और मास्टर जी, माता-पिता और मैं भीमू काका के साथ सामान लेकर गाँव के बस अड्डे पर पहुँचे। कार्यक्रम के अनुसार पहले मुझे चंडीगढ़ जाना था और वहाँ से बस बदलकर दिल्ली। अड्डे पर पहुँचे तो पाया सभी लोग वहाँ

पर बस का इंतजार कर रहे थे। पच्चीस-तीस की संख्या में हमारे परिजन वहाँ पर विदाई देने के लिए आए थे। इतना प्रेम, इतनी इज्जत शायद जीवन में दोबारा कभी हासिल नहीं हुई। कुछ देर में बस भी आ गई और भीमू काका ने सामान छत पर रखना शुरू कर दिया। तभी मैंने देखा कि बस का ड्राइवर उतर कर मास्टर जी के पैर छूने लगा और कंडक्टर को बोला कि मास्टर जी हमारे प्रिय अध्यापक रहे हैं, राधे हमारे छोटे भाई जैसा है, इसको ठीक से सीट देना। सुबह से ही भारी मन और फिर इतने लोगों का तांता मुझे छोड़ने के लिए, मैंने माता-पिता एवं मास्टर जी के पैर छुए, तो मास्टर जी बोल पड़े, "ॐ नमो भागवते पार्थसारथये नमः।" हे कृष्ण! आप ही सारथी बनकर हमारे जीवन के इस रथ को संभालिये।

बस में बैठकर मैं सभी लोगों को देख रहा था। सभी की आँखें नम थीं लेकिन एक खुशी भी थी कि मैं आत्मनिर्भर होने जा रहा हूँ। जैसे ही बस चली, एक पल में मेरा सारा जीवन अतीत बन गया। सभी कुछ पीछे छूट गया, मैं एकदम शून्य हो गया। भविष्य का मुझे कुछ पता नहीं, वर्तमान एक बस में हूँ और अब तक का सारा जीवन पलक झपकते ही भूतकाल में चला गया। मैं बढ़ रहा था एक बड़े शहर की ओर, एक नए वातावरण की ओर और साथ में यादें उस मासूमियत भरे बचपन की। मास्टर जी, जो सदैव मेरे हर कदम में मेरे साथ रहते, जिन्होंने मुझे बचपन से लेकर किशोरावस्था तक पग-पग पर जीवन के विभिन्न पहलुओं से अवगत करवाया शायद अब भी मेरे साथ हैं उन यादों और उन कथाओं के रूप में जो उन्होंने मुझे सुनाई और मेरी शख्सियत को ढालने में अहं भूमिका निभाई। मेरे पिताजी, जिन्होंने मुझे हमेशा अभिव्यक्ति का माहौल दिया और जब भी मैं उनके साथ बात करता वे अक्सर मुझसे

विद्यालय और मित्रों के बारे में पूछते। एक बार खेत में अकेला जाने पर मुझे साँप ने काट लिया था, और जैसे ही पिताजी को इसके बारे में पता चला, वे दुकान छोड़कर तुरंत खेत की ओर भागे और उन्होंने साँप का जहर अपने मुँह से चूसकर बाहर निकाल दिया। मुझे बचाने के लिए अपनी परवाह भी न की। ये सब बातें आज दोबारा याद आ रही थीं।

पिछले एक हफ्ते में मैंने अपनी माँ का एक नया रूप देखा था। सुबह उठकर दूध देकर मुझे उठाना, मेरा सोते रहने का नाटक करना, मेरे सिर को अपनी गोद में रखना और फिर स्नेहपूर्वक मुझे उठने के लिए कहना–शायद सबसे ज्यादा मुझे सुबह के इस स्नेह की कमी खलेगी। मेरा स्कूल जाना, मिट्टी में खेलना, माँ का कपड़े धोना, इन सभी क्रियाओं के बारे में मैंने शायद कभी सोचा भी नहीं था। आज सुबह माँ का मेरे पास आना और मुझे जीवन में अग्रसर रहने के लिए प्रेरणा देना, शायद ये कुछ ऐसे पल हैं जिनको मैं हमेशा अपनी यादों में रखूँगा और इन पर चलने के लिए तत्पर रहूँगा।

मुझे याद आ रहा था वह पल जब सभी लोग खुश थे। इस विचार से कि मैं आत्मनिर्भर होने जा रहा हूँ, अफसर बनने जा रहा हूँ। मुझे बचपन में अच्छी देखभाल मिली जहाँ खाना-पीना भोजन सभी कुछ मेरी माँ की जिम्मेदारी थी और जब मैं बाहर आया हूँ तो सभी लोग खुश हैं लेकिन मैं रो रहा हूँ। शायद आज गर्भनाल टूटने के बाद मेरा जन्म हुआ है।

कम्पनी या राष्ट्र?

आज भी मुझे वह दिन याद है जब मैंने आत्मनिर्भरता की ओर अपना पहला कदम बढ़ाया था। पहले दिन अपने कार्यालय जाने के लिए मैं इतना उत्तेजित था कि रात भर सो ही नहीं पाया। रात भर मैं सोचता रहा कि कार्यालय कैसा होगा, किस तरह के लोग होंगे, कैसा बर्ताव होगा, सहकर्मी कैसे साथ कार्य करेंगे। सुबह होते ही मैं उठा और चाय पीकर नहाने के लिए चला गया। तैयार होकर मैं बस पकड़कर कार्यालय पहुँचा। कागजी कार्रवाई के बाद मुझे अलग-अलग विभागों के लोगों से मिलवाया गया। मुझे कुछ भी याद नहीं, पर एक चीज जो मुझे ठीक लग रही थी, कि कार्यालय का माहौल काफी खुशनुमा प्रतीत हो रहा था। शाम को घर पर मैं बैठा हुआ सोच रहा था कि अब तक मेरे जीवन में जो भी कोई दिक्कत आई तो मास्टर जी हमेशा उसे सुलझा लिया करते थे, किंतु आज यदि कोई दिक्कत आती है तो मास्टर जी तक मैं पहुँच नहीं पाऊँगा, पर उनके सिखाये मार्ग का अनुसरण करूँगा तो निश्चय ही अपनी मंजिल तक पहुँच जाऊँगा। कुछ दिन तक घर से कार्यालय और फिर वापिस घर की यात्रा ने कुछ सहकर्मियों से जान-पहचान बना दी। एक उल्लेखनीय इन्सान से अच्छी जान-पहचान बनने लगी। जब उन्होंने मुझसे मेरे बारे में पूछा तो मैंने अपने गाँव और मास्टर जी के बारे में सब कुछ बता दिया। अपना परिचय देते हुए उन्होंने कहा, ''मेरा नाम राजेंद्र है और मेरा बड़ा बेटा तुम्हारी उम्र का है

और बम्बई में नौकरी करता है। धीरे-धीरे राजेंद्र जी और मुझ में दोस्ती बढ़ने लगी। हमारा एक ही रास्ता था अत: हम इकट्ठे बस में आते थे। कभी-कभी वे मेरे लिए बस में सीट भी रोके रखते थे। एक दिन वे मुझसे बोले, ''राधे! क्या तुम जानते हो कि कम्पनी की सबसे बड़ी खासियत क्या है?'' मैंने मना किया तो वे बोले, ''हमारी कम्पनी ने पिछले तीन सालों में जितना मुनाफा कमाया है वह हमारी सालाना कारोबार का छ: प्रतिशत है।'' फिर वे बोले किसी भी कम्पनी के मूल आधार होते हैं सालाना कारोबार और मुनाफे में वृद्धि। उनसे कम्पनी की कोई भी बात करो तो हर तीसरी बात मुनाफे पर आकर रुक जाती। एक बार उन्होंने मुझसे प्रश्न किया, ''क्या तुम जानते हो कि तुम्हें नौकरी में सबसे पहले क्या सीखना है?'' मैंने कहा, ''नहीं। ऐसा क्या खास है इस नौकरी में?'' वे मुझे समझाते हुए बोले, ''यह नौकरी तुम्हारी रोजी रोटी है। तुम्हारी ही नहीं, तुम्हारे परिवार की भी। जितनी इस कम्पनी की उन्नति होगी, उतनी ही तुम्हारी उन्नति होगी। जितनी कम्पनी बड़ी होगी, उतना ही तुम भी बड़े बनोगे। तुम्हारा वित्तीय स्वास्थ्य और कंपनी का वित्तीय स्वास्थ्य भी एक साथ ही चलेंगे। यह कम्पनी तुम्हारी तरह हम सभी का जीवन है।''

गाँव में रहकर मैंने कम्पनियों में कार्यकर्त्ताओं के शोषण की अनेक कथाएँ सुनी थीं, जिनमें से कुछ तो इस तरह की थी कि बॉस से न बनने पर भी कुछ कुशल लोगों को निकाल दिया गया। ऐसे कुछ विचारों के तहत मैंने पूछा, ''क्या वाकई में शोषण होता है?'' तो वे बोले, ''अगर तुम अपने-आप से झूठ नहीं बोलोगे तो भगवान सदैव तुम्हारे साथ रहेंगे।'' इस बात से मुझे मास्टर जी की बात याद आ गई, वे भी अक्सर ऐसा ही कहते थे। इतना कहकर राजेंद्र जी

ने अपनी कथा सुनाई, "मैं मेरठ से नौकरी के सिलसिले में दिल्ली आया था। मैं यहाँ किसी को भी नहीं जानता था। धीरे-धीरे जैसे मैं रहने लगा, मित्र बनते गए और आज मेरे दिल्ली में बहुत सारे मित्र हैं। अब तो ऐसा लगता है कि मेरठ, बस एक याद बनकर रह गया है, दिल्ली ही वह शहर है जहाँ मैं रहा हूँ।"

ऐसी बातचीत के दौर अक्सर बस में हुआ करते थे। फिर कई बार तो वे मेरे लिए घर का बना हुआ भोजन लंच के लिए लाते थे। किसी अविवाहित पुरुष को घर का भोजन मिलना तो जन्नत पाने से कम नहीं होता और राजेंद्र जी के साथ मेरी दोस्ती अब विश्वास में बदलने लगी थी।

कार्यालय में कुछ सीटों के बाद एक डस्टबिन रखी थी और नियमानुसार सभी को अपना कूड़ा उस डस्टबिन में डालना होता था। एक बार मार्केटिंग के सबसे बड़े बॉस वर्मा जी कहीं से जा रहे थे और उन्होंने खाली कागज उस डस्टबिन के पास देखा। तुरंत उन्होंने उस लाइन के सभी लोगों को इकट्ठा किया और बोले, "एक खाली कागज डस्टबिन में क्यों फेंका जा रहा है। हमें बचत करनी चाहिए।" इतना कहकर वे चले गए। एक हफ्ते के बाद कार्यालय में एक सभा हुई और सबसे एक नारा देने के लिए कहा गया, जिसका नारा पसंद आएगा, उसे एक इनाम भी दिया जाएगा। लोगों ने तरह-तरह के नारे दिए और जो नारा पसंद किया गया, "वह राजेंद्र जी ने दिया था,

कम्पनी मेरी जान है,
और मेरी पहचान है।

यह नारा जगह-जगह पर लगा दिया गया और सबसे इस पर अमल करने के लिए कहा गया। अगली मीटिंग में वर्मा जी ने

सम्बोधित करते हुए कहा, "सभी को खर्चे कम करने हैं। यदि आपका होटल का बिल पाँच सौ रुपए है तो साढ़े चार सौ तक के लिए मोल-भाव कर लें। यदि आप कहीं टैक्सी से जा रहे हों तो ऑटो से जाएँ, यदि कोई रिपोर्ट भेजनी हो तो कागज के दोनों तरफ लिखें। यह कम्पनी आपकी है। जगह-जगह पर डस्टबिन रखे हैं, इनका इस्तेमाल करें और कचरा इधर-उधर न फेंकें। यह कम्पनी आपकी अपनी है। अगर आप सीट से उठकर मीटिंग या लंच के लिए जा रहे हैं तो सीट की लाइट बंद कर दें। यह कम्पनी आपकी अपनी है। एक बात का ध्यान रखिए आप भी किसी निर्णय को लेने में हिचक रहे हैं, तो इतना सोचें कि क्या इससे कम्पनी को कोई फायदा होगा? यह कम्पनी आपकी अपनी है।" इस भाषण को सुनकर सभी लोग बहुत प्रभावित हुए जानते हैं क्यों? क्योंकि कम्पनी आपकी अपनी है। इस भाषण का इतना सकारात्मक प्रभाव रहा कि कुछ लोगों ने तो कम्पनी की माँ से तुलना करके नोटिस बोर्ड ही भर दिए।

'कम्पनी मेरी जान है, कम्पनी मेरी पहचान है।' इस नारे ने पूरे कार्यालय भवन को घेर लिया था और हर जगह बस यही बात होती। हम लोग अक्सर यह गुणगान करने लगे थे कि हमारी कम्पनी ने हमें बहुत कुछ दिया है। ऐसा लगने लगा था जैसे मैं राधे न रहकर उस कम्पनी का एक अभिन्न हिस्सा बन गया हूँ। हमें मालूम ही नहीं पड़ा और हम लोग सम्मोहन के इस जाल में फँस गए। चाय पर भी रोक लगने लगी और पेंसिल, पैन, कागज इत्यादि भी गिनती से दिए जाने लगे। एक सोच ने सभी लोगों को घेर लिया था और अनेक मोतियों को पिरोकर जो माला बन रही थी, वह हमारी कम्पनी थी। सारे खर्चे कम कर दिए गए। बड़े होटलों की मीटिंग्स भी अब कार्यालय में ही होने लगी।

कुछ दिन के बाद एक विदेशी टीम किसी निरीक्षण के लिए आने वाली थी। यदि वे हमारे निरीक्षण के बाद खुश हो गए तो एक बड़ा ऑर्डर हमें मिल सकता था। वर्मा जी को इसकी जिम्मेदारी दी गई। पाँच सितारा होटल में रहने वाली इस टीम को दो दिनों तक फैक्ट्री ले जाया गया और तीसरे दिन हमारे कार्यालय लाया गया। तीसरे दिन का जिम्मा मुझे सौंपा गया और सुबह ही मैं टैक्सी लेकर उनके होटल पहुँचा। नाश्ते के बाद उनको लेकर कार्यालय आ गया। रास्ते में वे प्रदूषण, ट्रैफिक, आबो-हवा को भला-बुरा बोलते रहे। थोड़ी दूर जाने पर वर्मा जी भी मिल गए और वे भी हमारी गाड़ी में ही आ गए। वर्मा जी से बात करते हुए एक विदेशी मेहमान ने कहा, "आपके देश में प्रदूषण बहुत ज्यादा है।" उनकी हाँ में हाँ मिलाते हुए वर्मा जी बोले, "अभी यह तो कुछ भी नहीं है, आप सर्दियों के दिनों में देखिए जब धुंध और धुआँ एक साथ मिल जाते हैं तो वायु को एकदम प्रदूषित कर देते हैं।" यह सुनकर वे लोग थोड़ा मुस्कुराए। आगे बात करते हुए वर्मा जी बोले, "हमारा आजाद देश है, अपनी आजादी को हम पूरी तरह से मनाते हैं। जैसे अगर आपको कहीं टॉयलेट न मिले तो हम सड़क पर कर देते हैं, यदि हम कुछ खा रहे हों तो छिलके बाहर फेंक देते हैं। ये सभी चीजें हमारी आजादी को दर्शाते हैं।"

हमारे विदेशी मेहमान हँसते-हँसते बोले, "आप लोग तो सन् 1947 से आजाद हो।"

रात को डिनर के बाद मैं जब वर्मा जी के साथ उनको छोड़कर आ रहा था तब वर्मा जी ने संतरे के छिलके चलती कार से बाहर निकाल कर सड़क पर फेंक दिए और हँसते हुए बोले, "राधे। हम आजाद हैं ना?"

रात को अपनी चारपाई पर लेटे-लेटे मैं यही सोच रहा था, "कम्पनी मेरी पहचान है और इसके लिए मैं बहुत कुछ करता हूँ और मेरा देश क्या है और मैं इसके लिए क्या करता हूँ?"

राष्ट्र अथवा कम्पनी–मेरी पहचान क्या है?

विवाह योग्य कुँवारा

नौकरी से जुड़ने के बाद, यह मेरी पहली दिवाली थी और मैं अपने परिवार के सभी सदस्यों के लिए तोहफे ले गया था। परिवार के सभी सदस्य एक दूसरे से तोहफे पाते, जैसे साल का सिर्फ यही समय होता जब सभी एक साथ होते। दिवाली साल का वह समय था जब घर, छत, दीवारें, छज्जे और आसमान भी क्रियाशील रंगों से भर जाते। चारों तरफ हर वस्तु विभिन्न रंग और रोशनी की परछाई, खुशहाली बिखेरती है। 'पटाखों' की दुकानें सजी हुई थीं। त्योहार की भागमभाग दिवाली से पहले देखी जा रही थी।

नौकरी की पहली दिवाली का रोमांच ही कुछ अलग होता है। उत्साह, खुशी और अपनी मर्जी से खर्च, शायद दिवाली को और भी अधिक चकाचौंध वाला त्योहार बना देते हैं। मैं बाजार में फूलों की दुकान पर खड़ा था, जब मैंने राशी आंटी और उनकी भतीजी को वहाँ खड़े पाया। शुभ दीपावली बोलकर हम लोग सुसज्जित दुकानों से सामान का चयन कर रहे थे।

दिवाली का समय हमारे समाज में एक नया अवसर प्रदान करता है नये लोगों से मिलने का। इस दिवाली में कुछ नया था। सभी कुँवारों की तरह मैं भी किसी प्रदर्शनी का हिस्सा था। अपने कार्यकाल में मैंने बहुत प्रदर्शनियाँ की थीं जहाँ पर लोग आकर

वस्तुओं को देखते, उनके बारे में पूछते और खरीदते अथवा छोड़ देते।

समस्त परिवार के साथ हम बैठे थे, जब पाखी आंटी एवं रोमिता आंटी आयीं। मैं उनसे पहले कभी मिला नहीं था पर वे हमारे परिवार को भली-भाँति जानती थीं। वे मेरी नौकरी के बारे में पूछने लगीं और कितनी तनख्वाह है, कहाँ पर घर ले रहा हूँ वगैरह वगैरह। दिवाली वह मौका भी होता है जब कुंवारे लड़के और लड़कियों को देखने का मौका भी मिलता है। और जिस तरीके से मेरी छोटी-छोटी बातों पर भी तारीफ की जा रही थी, यह समझने में देर नहीं लगी कि मुझे भी एक 'योग्य कुंवारा' की तरह देखा जा रहा है।

जैसे पढ़ाई और नौकरी जीवन के दो विशेष हिस्से हैं, उसी तरह 'योग्य कुँवारापन' भी एक अहम हिस्सा है और मैं भी इस योग्य कुँवारे क्लब का एक मेम्बर बन गया था। मैंने कभी यह नहीं सोचा था कि यह जीवन की वह अवस्था है जिसमें न चाहते हुए भी आप एक प्रदर्शनी का हिस्सा बन जाते हैं और आप की हर बात पर विश्लेषण किया जाता है। आज मैं खुद एक सामान बन गया हूँ जहाँ पर लोग मुझे देखते हैं और फिर कुँवारा प्रदर्शनी में बाकी कुँवारों के बारे में भी जानकारी प्राप्त करते हैं।

कुँवारा प्रदर्शनी का यह तरीका काफी पुराना है और बहुत रिश्तों की नींव इसी के द्वारा रखी जाती है। ऐसी ही प्रदर्शनी के दौरान मैं रमा आंटी से मिला जो अत्यंत ही स्नेहशील थीं। मुझसे मिलकर वे मेरे जीवन के लक्ष्य, भविष्य के मेरे सपने, दिल्ली में रहने के इरादे इत्यादि के बारे में पूछने लगीं। मिलनसार व्यवहार के कारण उनकी सभी लोगों से अच्छी बातचीत थी और बातों ही बातों में उन्होंने मुझे

अपनी एक सहेली के बारे में बताया, जो दिल्ली में रहती थी। उन्होंने मुझे दिवाली की मिठाई के दो डिब्बे दिए जो उनकी सहेली के घर में पहुँचाने थे। मैने उनसे पता व दिवाली की मिठाई के डिब्बे ले लिए। इसी बीच प्रदर्शनी में कुछ और लोगों से भी मिलना हुआ और मुझे ऐसा लग रहा था कि एकाएक मैं बहुत लोकप्रिय हो गया हूँ। मैंने पहले कभी सोचा भी नहीं था कि हमारे शहर में इतने सारे कुँवारे लड़के-लड़कियाँ हैं। इस प्रदर्शनी के दौरान जिन लोगों को आपने पहले कभी देखा भी न हो आपसे अकस्मात ही कह देंगे कि तुम बहुत छोटे थे जब तुम हम से मिले थे और याद है तुमने उस दिन कितनी पतंगें उड़ाई थीं या फिर तुमने उस दिन कितना केक खाया था। अब मुझे यकीन हो चला था कि मैं वाकई में एक बहुत होनहार और योग्य इंसान बन गया हूँ, इसीलिए तो सभी लोग मुझ से एक-एक कर बात कर रहे हैं। आज मैं कितना खुश था और सोच रहा था कि मास्टर जी यदि जीवित होते तो कितना गुरूर करते मेरी इस लोकप्रिय छवि पर। कितनी जल्दी मैंने जीवन में यह पात्रता प्राप्त कर ली।

शाम को मैं राहुल से मिला। राहुल भी मेरी उम्र का ही था और मुम्बई में कार्यरत था। उसकी भी नौकरी मिलने के बाद पहली दिवाली थी और शायद वह भी इस कुँवारा प्रदर्शनी का हिस्सा था। बात शुरू करते हुए मैंने कहा, "राहुल यहाँ का माहौल हमारे बड़े शहरों से कितना भिन्न है। यहाँ पर सब हमें जानते हैं और कितनी इज्जत एवं स्नेह से बात करते हैं।"

राहुल मुस्कुराते हुए बोला, "कहीं तुम अकस्मात मिली इज्जत और प्रेम की बात तो नहीं कर रहे?" मैंने सहज तरीके से राहुल को समझाते हुए कहा, "हाँ। बड़े शहरों में कौन किसको पहचानता है

और किसके पास दूसरों के लिए समय है।'' राहुल ने सीधे प्रश्न किया, ''राधे, क्या तुम जब यहाँ पर थे और तुम्हारे पास नौकरी नहीं थी, तब तुम्हें इतनी इज्जत मिली थी?'' मैं दो पल के लिए खामोश हो गया और सोचकर बोला, ''मैं समझ गया दोस्त तुम्हारा इशारा किस ओर है।'' इतना कहकर हमारी वार्तालाप समाप्त हुई और इस स्नेह और इज्जत की गहराई पल भर में समझ में आ गई।

दिवाली के दो दिन के बाद मैं दिल्ली वापिस आ गया। इस सफर में मैं अपने साथ कुछ मीठी यादें, कुछ रोचक अनुभव और रमा आंटी की सहेली के लिए मिठाई लेकर दिल्ली पहुँचा। रमा आंटी के अनुसार उनकी सहेली एकदम बहन की तरह थीं और यदि मुझे कोई सहायता चाहिए तो उनकी सहेली मदद भी कर देंगी। दिल्ली पहुँचकर पहले इतवार को ही उनके घर पर जाने का प्रोग्राम बना। अकेले रहते हुए सबसे बड़ी दिक्कत होती है अच्छा भोजन खाने की और आंटी की सहेली के घर जाने का प्रोग्राम भी इस तरह से निश्चित किया कि मैं लंच के समय उनके घर पहुँचा। घंटी का बटन दबाने पर कोयल की आवाज की घंटी बज उठी। पहली बार में जब कोई जवाब नहीं मिला तो मैंने पुनः बटन दबाया। तभी दरवाजे पर टी-शर्ट और स्कर्ट पहने एक लड़की आई और मुझसे मेरे बारे में पूछने लगी। मुझे थोड़ा सा अटपटा लगा किंतु मैंने अपना परिचय दिया, मुझे अंदर आने के लिए कहते हुए वह लड़की बोली, ''मैं उमंग हूँ और मम्मी और मेरी छोटी बहन तरंग बाजार तक गए हैं, आप अंदर आ जाइए।''

मुझे अतिथि कक्ष में बिठाकर वह पानी लाने चली गई। वहाँ पर हिमाचल की कुछ तस्वीरें लगी थीं। दिल्ली का तेज माहौल और हिमाचल का आरामदायक माहौल—मैं समझ नहीं पा रहा था कि

यहाँ पर कौन सा माहौल ज्यादा हावी है। जब तक मैं कुछ सोच पाता, वह शरबत लेकर आ गई। मैंने तो सुना था कि दिल्ली की लड़कियाँ तेज-तर्रार होती हैं, पर यह तो काफी सुलझी हुई लग रही थी। वहाँ पर पड़े हुए एक फोटो की तरफ इशारा करते हुए वह अपने परिवार का परिचय देने लगी, उसने बताया कि वह दिल्ली विश्वविद्यालय से अंग्रेजी में एम.ए. कर रही थी और उसकी बहन अभी बी.ए. फाइनल ईयर में थी। उमंग फिल्मों की शौकीन थी और अपने मित्रों के साथ वह हर महीने फिल्म देखने जाती थी। उसे अंग्रेजी साहित्य में विशेष रुचि थी और वह कविताएँ भी लिखती थी। बातों-बातों में कोयल की आवाज फिर गूँजी, इस बार आंटी और तरंग भीतर आए। आंटी के पाँव छूने के बाद मैंने मिठाई का डिब्बा उनको दिया। उन्होंने मुझे लंच के लिए रोक लिया। आंटी और तरंग दोनों खाना बनाने के लिए चली गईं। उमंग मुझसे मेरी नौकरी के बारे में पूछने लगी। बातें करते-करते वह सलाद भी काट रही थी। इसके बाद सलाद, राजमां, चावल, रायता, मटर-पनीर की सब्जी टेबल पर सजाए गए। 'घर का खाना' यह विचार मात्र ही मेरे मन को उत्साहित कर रहा था और खाने पर टूट पड़ने के लिए मैं तत्पर था। पर लोकलाज मुझे रोके हुए थी। सुव्यवस्थित भोजन को देखकर मैंने भोजन प्रस्तुत करने की कला की तारीफ की। यह सुनकर उमंग बोली, "आप निश्चित ही बड़े होटलों में खाना खाते होंगे, वरना ऐसा सभी लोग नहीं बोलते और आपकी किसी चीज को बारीकी से देखने की क्षमता भी सराहनीय है।"

उसकी हाँ में हाँ मिलाते हुए मैंने कहा, "हाँ, नजर तो मेरी पारखी है, सभी लोग बोलते हैं।"

आंटी मुझे राजमां परोसते हुए बोलीं, ''राधे, उमंग को भी राजमां बहुत पसंद हैं। पिछले हफ्ते मैं तीन दिन कहीं गई थी, तो इसने तीन दिन तक राजमां ही बनाये थे और तरंग के इम्तिहान चल रहे थे, वह कुछ बना भी नहीं पाई।''

मैंने उमंग को समझाते हुए कहा, ''यह तो तुम्हारी गलती है। बड़ी बहन होने के नाते तुम्हें ख्याल रखना चाहिए था।'' बातों-बातों में समय कब निकल गया मुझे पता ही नहीं चला। जब घड़ी पर ध्यान गया तब तक पाँच बज चुके थे। मैंने जाने का निवेदन किया तो आंटी ने चाय और मिठाई खाकर जाने का अनुरोध किया। चाय के साथ मिठाई भी लाई गयी और पिन्नी मुझे विशेष रूप से पसंद आ रही थी। मुझे देखकर आंटी ने बताया कि पिन्नी और बर्फी, दोनों मिठाईयाँ, उमंग ने घर में ही बनाई हैं। चाय पीकर मैं घर से निकला और उमंग मुझे छोड़ने बस स्टॉप तक आ गई और बस आने तक वहीं इंतजार करती रही।

उसके इस बर्ताव से मैं बहुत प्रभावित हुआ। मैंने उससे दोबारा कहा कि बर्फी जो आपने बनाई थी बहुत स्वाद थी। यह सुनकर वह अपनी पाक कला के बारे में बताने लगी। दस मिनट के बाद बस आई और ये दस मिनट हम उस बर्फी के बारे में ही बोलते रहे। बस में बैठकर मैं यहीं सोच रहा था कि मैंने दिल्ली की लड़कियों के बारे में सुना था कि वे काफी तेज-तर्रार होती हैं, पर उमंग कितनी सरल एवं स्थिर स्वभाव की थी। मन ही मन मैं उसके सरल स्वभाव से बहुत प्रभावित था। एक आधुनिक समाज की लड़की जो पाक कला में निपुण है और सभ्य परिवार से नाता रखती है। कहीं ऐसा तो नहीं है कि मुझे मेरे सपनों का व्यक्तित्व शायद उमंग के रूप में दिख रहा था।

मैं समझ नहीं पा रहा था कि दिल्ली में रहने के बावजूद कोई इतना सीधे स्वभाव का रह सकता है। पढ़ाई के साथ-साथ पाक कला में भी रुचि। यह मात्र संयोग ही था कि मेरी पसंदीदा मिठाई भी उसकी पसंदीदा ही थी। शायद ऊपरवाला हमें मिलाने के संकेत दे रहा है। कुछ दिनों के बाद नववर्ष के उपलक्ष्य में मुझे उनके घर आमंत्रित किया गया। वहाँ पहुँचा तो देखा कि केवल दस-बारह लोग ही आमंत्रित थे। मेरे पूछने पर उमंग ने मुझसे कहा कि हमने केवल नजदीकी मित्रों को ही बुलाया है। इस वाक्य में 'नजदीकी मित्रों' पर खास जोर था और शायद मुझे कुछ कहने के लिए यह वाक्य कहा गया था। इतनी जल्दी मैं नजदीकी मित्रों की गिनती में आ गया वाह। आज फिर खान-पान के बाद मेरी प्रिय बर्फी परोसी गई और उमंग की पाक कला की सराहना हुई। बर्फी और उमंग शायद दोनों मेरे लिए पर्यायवाची बन गए थे। मेरी पसंद!

जनवरी के महीने में मेरे एक सहयोगी के घर पर बेटी का जन्म हुआ। जैसा कि हमारे कार्यालय की परंपरा थी, उन्होंनें सभी लोगों में बर्फी बाँटी। जब यह बर्फी बाँटी जा रही थी, उस समय मैं अपने बॉस के कमरे में था, तब मेरे हिस्से की बर्फी उन्होंने मेरे टेबल पर रखवा दी। मीटिंग के बाद जब मैं अपनी सीट पर गया, तब मैंने अपनी पसंदीदा बर्फी को अपने टेबल पर रखा हुआ पाया। पहला प्रश्न मेरे मन में यह उठा कि उमंग ने मेरे लिए यह बर्फी कार्यालय में क्यों भेजी है और चुपचाप से टेबल पर क्यों रखी है। मैंने पूछा तो बताया कि शर्मा जी के घर एक बेटी का जन्म हुआ है और उन्होंने खुशी के तौर पर बर्फी बाँटी है। यह बर्फी तो उमंग वाली बर्फी है। क्या उमंग इनके पड़ोस में रहती है? मुझे इसका अभी तक आभास भी नहीं था। न जाने शर्मा जी ने मेरे बारे में क्या-कुछ उमंग

को बता दिया होगा। अब तो शर्मा जी से बात करनी ही पड़ेगी। दोपहर भोजन के समय जब शर्मा जी अपनी टीम के साथ बैठकर भोजन कर रहे थे, तब मैंने उनसे कहा, ''शर्मा जी आपने बताया नहीं कि आप उमंग और तरंग के पड़ोसी हैं।'' मुस्कुराते हुए उन्होंने मुझसे पूछा, ''तुम्हें कैसे ज्ञात हुआ कि मैं उमंग और तरंग का पड़ोसी हूँ।'' मैंने अपनी पूरी कहानी और उस बर्फी और उमंग की पाक कला के बारे में विस्तारपूर्वक बता दिया। मेरी कहानी को गौर से सुनने के बाद शर्मा जी ने कहा, ''राधे, मैं किसी उमंग-तरंग को नहीं जानता और यह बर्फी एक विशेष तरीके से बनती है जो दरियागंज स्थित एक नामी हलवाई की दुकान में ही मिलती है।''

यह सुनकर पहले तो मुझे विश्वास ही नहीं हुआ। शायद इसलिए कि इस बात पर विश्वास करना मतलब अपने सपनों को टूटते हुए देखना था। मुझे समझ में नहीं आ रहा था कि मैं इस बात पर विश्वास करूँ या नहीं। विश्वास तो शायद टूट गया पर अपने कार्यालय में मैं एक हँसी का पात्र भी बन गया था। मेरे संजीदा व्यक्तित्व में शायद एक मौका सहकर्मियों को दिखा और उमंग-तरंग के नाम पर यदा-कदा मेरा मजाक भी उड़ाया जाता था। यह घटना मुझे अंदर तक छू गई थी। सादगी, धैर्य, स्थिरता वाली उमंग एकाएक ही अविश्वसनीय दिखने लगी। मेरा भरोसा और विश्वास कहीं डगमगता लगने लगा। वह मुस्कुराता हुआ चेहरा बनावटी प्रतीत होने लगा। इससे एक प्रश्न मेरी अपनी विचारधारा पर भी आया, ''क्या मैं किसी को ठीक से समझने में असमर्थ था?'' यह अविश्वास का भाव मुझे अंदर ही अंदर से दीमक की तरह कुरेदे जा रहा था। पर मास्टर जी की एक बात मुझे याद आ रही थी कि जब भगवान कुछ संदेश देना चाहते हैं तो घटनाक्रम को उस ढंग से

बनाते हैं कि आपको सीख मिल ही जाती है। अपने कार्यालय में कार्यान्वित एक हमउम्र सहकर्मी से जब मैंने यह बात बताई तो उसने अपना स्कूटर उठाया और मुझे साथ लेकर दरियागंज चल पड़ा। जब हम उस नामी दुकान पर पहुँचे तो वहाँ पर खड़ी भीड़ को देखकर मैं भौंचक्का रह गया। नलसर की आबादी जितने लोग वहाँ पर खड़े थे। जब हमने उस दुकान पर वह बर्फी देखी तो मेरा विश्वास पूर्ण रूप से खंडित हो गया। प्रत्यक्ष को प्रमाण की जरूरत नहीं होती, आज पहली बार मैं इस बात को अनुभव कर रहा था।

मार्च का महीना आते ही होली का रंग शुरू हो जाता है और मौसम भी करवट बदलता है और शायद इस होली में मेरे विचारों ने भी करवट बदली थी। 'नजदीकी परिवार' वाले सभी लोगों को उमंग-तरंग ने पुनः होली के दिन आमंत्रित किया था। मेरे सहकर्मी और मैंने एक योजनाबद्ध तरीके से काम किया। होली से एक दिन पूर्व हम लोग दरियागंज जाकर उस विशेष बर्फी के दो डिब्बे लेकर आए थे। होली वाले दिन हम लोग होली खेलने के पश्चात उनके घर पहुँचे और चाय नाश्ते के लिए उनके साथ बैठ गए। थोड़ी देर बातचीत करने के बाद मेरे सहकर्मी ने मुझसे कहा, "राधे, वह मिठाई के लिफाफे तुमने स्कूटर में ही छोड़ दिए, मैं अभी लेकर आता हूँ।" दो मिनट के बाद वह लिफाफे लाया और बर्फी को निकालकर प्लेट में रखते हुए कहने लगा, "राधे को यह बर्फी बहुत पसंद है और इसके बहुत कहने पर ही हम कल दरियागंज जाकर इस बर्फी को लाए हैं।" उसका इतना कहना ही सबके चेहरों का रंग उड़ा चुका था। आंटी रसोई में चली गयीं और तरंग कॉलेज के इम्तिहान के बहाने से उठ गयीं। मेरे कुछ कहने से पहले ही उमंग बोली, "यह बर्फी आपकी बहुत प्रिय है न?"

मैं और मेरा मित्र मुस्कुरा कर उठ खड़े हुए और होली की शुभकामनाएँ कहकर चल पड़े। उठते-उठते मेरा यह विश्वास था कि आज मैं इस घर में आखिरी बार आया हूँ।

दिवाली से लेकर होली तक का यह समय मेरे लिए कुछ नए अनुभव और नई सीख लेकर आया था। इससे जीवन का एक अमूल्य प्रश्न, जो हमेशा मेरे साथ रहा है, "छोटी सी खुशी को पाने के लिए हम कई बार विश्वास को भी दाँव पर लगा देते हैं।"

"अल्पकालीन सुख के लिए हम अक्सर भरोसे एवं विश्वास को भी दाँव पर लगा देते हैं।" ऐसा क्यों?

घुड़दौड़

शुभ मुहूर्त की भारत में एक विशेष अहमियत है और यह अहमियत शादी के दिनों में साफ तौर पर नजर आ जाती है जब गली–मोहल्ले के सभी हॉलों पर किसी न किसी शादी का समारोह चल ही रहा होता है। ऐसी ही एक बार मुझे अपने घर में दो शादियों में सम्मिलित होने का मौका मिला। निश्चित कार्यक्रम के अनुसार मुझे आवभगत करने वाली टीम का सदस्य बनाया गया। महिलाओं के आराम एवं सोने के लिए एक अलग पंडाल बनाया गया था, जहाँ पर छोटी व बड़ी उम्र की सभी महिलाएँ बैठी थीं। शादी से पहले की कुछ रस्में पूरी होने के बाद रात का भोजन परोसा गया। भोजन करने के बाद सभी लोग अपने–अपने निर्धारित स्थान पर चले गए। भोजन करने के बाद मैं भी अपने स्थान पर चला गया। आवभगत करने के लिए मेरा स्थान महिलाओं के पंडाल के पीछे था जिससे कि मैं आवाज सुनकर उठकर उनकी सहायता कर सकूँ।

अभी मैं अपने स्थान पर पहुँचा ही था कि महिलाओं की गोष्ठी आरम्भ हो चुकी थी और थोड़ी ही देर में चाय की पेशकश रखी गई। सब कुछ साफ करने के बाद कारीगर लोग रसोई बंद कर रहे थे और मेरी फरियाद को उन्होंने अनसुनी कर दिया और कह दिया

कि अब रसोई बंद कर दी गई है। यह संदेश लेकर मैं जब महिलाओं के शामियाने में गया और यह संदेश उन तक पहुँचाया तो चाची जिनकी उम्र लगभग सत्तर वर्ष की थी, वे बहुत जोर से मुझ पर हँसी और बोलीं, "उसे कहो कि अभी चाय देना जरूरी है, उस रसोई वाले को इधर बुलाओ।" रसोई वाले को थोड़ी फटकार सुनाई गयी और फिर बेचारा चाय बनाने चला गया। मैं अपने निर्धारित स्थान पर बैठ गया और उत्सुकतावश उन सभी महिलाओं की बातों पर ध्यान देने लगा। थोड़ी बहुत इधर-उधर की बातें हुईं और एकाएक एक आवाज उठी और सभी लोग उसको सुनने लगे। यह आवाज वाणी आंटी की थी, "अच्छा एक बात बताओ, यह लड़का रक्षित कैसा लड़का है?" तभी दूसरी आवाज उठी, "वहीं न ममता का बेटा? अब बच्चों के नामों के बारे में तो हमें कुछ भी पता नहीं, हम तो माँ-बाप को ही जानते हैं, इसलिए हमें बच्चों के नामों की जगह उनके माँ-बाप के बारे में बोलना चाहिए।" सभी लोगों में शायद सहमति हो गई थी और बात को आगे बढ़ाते हुए एक आवाज आई, "हाँ, हाँ, रक्षित, ममता का बेटा, मैंने उसके बारे में ज्यादा नहीं सुना। जितना मुझे पता लगा है वह स्कूल पास करने के बाद इंजीनियरिंग करने चला गया था और मुम्बई में किसी प्राइवेट कम्पनी में कार्यरत था।" तभी दूसरी आवाज ने इस बात को पूरा किया, "मैंने यह सुना है कि वह जिंदगी में काफी अच्छा कर रहा है और अभी पिछले महीने ही कम्पनी के खर्चे पर वह सिंगापुर गया था।" रक्षित के बारे में बात आगे बढ़ाते हुए एक और आवाज़ आयी, "वह बचपन से ही बहुत अक्लमंद था। मेरी बहन उसके स्कूल में पढ़ाती थी और बताती है कि वह स्वभाव से भी बहुत मिलनसार था। जब भी कभी वह मिलता है, सदैव मुस्कुराते हुए

नमस्ते करता। वाकई में बहुत अच्छा लड़का है।'' एक और आवाज उठी, ''वह अपने पिता की तरह ही है विनम्र, अक्लमंद एवं मिलनसार। एक बार हम लोग उनके घर शिमला गए थे पर ममता उन दिनों बीमार थी। हमारा सभी काम ठीक से हो और हम वहाँ पर आराम से रह सकें—इसके लिए उन्होंने अपने कार्यालय से एक दिन छुट्टी ले ली थी। रक्षित उस समय छोटा था, लेकिन बहुत सुशील था। सुना है अभी भी वह बहुत सुशील है।'' तभी एक और आवाज़ आयी, ''अभी पिछले ही साल मैंने उसे रॉकी की शादी में देखा था। वह काफी लम्बा हो गया है और चेहरे पर बचपन की मासूमियत अभी भी मौजूद थी। बाकी सभी तो ठीक रहा लेकिन उसने बहुत ज्यादा पी रखी थी और दो लड़के तो उसे संभालने में ही लगे हुए थे।'' इस वाक्य ने जैसे पूरे माहौल में एक बदलाव ला दिया। वातावरण एकदम संवेदनशील हो गया था। इस शांति को चीरते हुए एक आवाज आयी, ''दरअसल लड़कों की यहीं समस्या होती है। जब तक माता-पिता साथ में रहते हैं तो लड़के ठीक राह पर चलते हैं पर जब अपना खुद का कमाना खाना शुरू किया कि अपने पंख पसारने लगते हैं।'' तभी एक दूसरी ऊँची आवाज उठी और पहली आवाज को दबाते हुए बोली, ''हाँ। पर मैंने सुना है कि वह बहुत अच्छा कमाता है और बम्बई में उसको कम्पनी ने एक अच्छा घर भी दे रखा है। पिछले साल जब ममता और उसका पति बम्बई गए थे तो उसने उनको बम्बई के मंदिरों के एवं शिरडी के दर्शन भी करवाए थे। इसके बाद उसने माता-पिता को एक हफ्ता गोवा की यात्रा भी करवाई थी। सुना है कि वह हर महीने कुछ जेबखर्च के रूप में कुछ पैसे ममता को भी भेजता है। वह वास्तव में बहुत अच्छा लड़का है।'' इतनी तारीफ के बाद एक नये विचार

ने दस्तक दी। एक बुजुर्ग आवाज आयी, "सुना है कि ममता को एक बहू की नहीं पर एक ऐसी लड़की की जरूरत है जो उसका घर संभाल सके।"

यह सुनकर एक आवाज उपहास के स्वर में आयी, "घर संभाल सके? बहू चाहिए या काम करने वाली? वैसे भी ममता को सभी जगह अपनी बात सर्वोच्च रखने की आदत है और बहू भी वह ऐसी ही चाहेगी जो उसके सामने चुप रहे।"

कुछ पल की खामोशी के बाद एक नयी चर्चा शुरू हो गयी, "क्या तुम्हें जमुना के बेटे के बारे में कुछ पता है? उसने भी तो कॉलेज के बाद बम्बई की तरफ नौकरी की थी। सुना है कि जमुना के पति की मृत्यु के बाद उसने घर की कमान संभाल ली थी और हर महीने अपनी माँ और दादी को जेबखर्च भेजता है।"

इतनी बात सुनकर बुजुर्ग महिला की आवाज पुनः आयी, "हाँ सुना है कि उसने कोई व्यापारी का काम शुरू किया है।"

"नहीं, उसने तो मर्चेन्ट नेवी में नौकरी पायी है।"

"हाँ तो मर्चेन्ट यानि व्यापारी, तो वह नौसेना में व्यापारी हुआ न।"

इस वाक्य से मुझे इस वार्तालाप कर रही स्त्रियों के बारे में थोड़ा सा पता लगा, पर यह बातचीत मुझे बहुत मनोरंजक लगने लगी।

बुजुर्ग महिला की बात को संभालते हुए किसी ने कहा, "अम्माजी मर्चेन्ट नेवी का मतलब होता है समुद्री बेड़ों के रास्ते से व्यापार। ये लोग समुद्री रास्तों से एक देश से दूसरे देश जाते हैं और व्यापार करते हैं। महीनों तक समुद्री रास्तों से अपना सफर करने

वाले ये लोग अलग–अलग देशों के समुद्र किनारे वाले शहरों पर अपना लंगर लगाते हैं। जमुना बता रही थी कि उसके बेटे ने सिंगापुर, दुबई, ऑस्ट्रेलिया, लंदन आदि शहरों को घूमा है और ड्राइंग रूम में दुनिया भर की कुछ खास चीजें पड़ी हुई हैं।''

अम्माजी पुनः बोलीं, ''अच्छा तो वह समुद्री बेड़े में जाता है, पर व्यापार किस चीज का करता है?''

पुनः समझाने पर अम्माजी ने कहा, ''अच्छा, जैसे ट्रक सड़क पर सामान लेकर जाते हैं वैसे ही समुद्री रास्ते से सामान के बेड़े को मर्चेन्ट नेवी कहते हैं। पर एक बात बताओ कि ट्रक चलाने वाले को तो अधिक पैसे नहीं मिलते, फिर जमुना के बेटे को इतने पैसे कैसे मिल जाते हैं? क्या ट्रक और जहाज में इतना फर्क है?'' अम्माजी के प्रश्न का शायद किसी के पास उत्तर नहीं था। बात को घुमाते हुए एक आवाज आयी, ''पर मैंने सुना है कि वह बहुत अच्छा लड़का है। तीन महीनों की छुट्टियों पर घर आता है और यहाँ आकर पूरा समय अपने परिवार को देता है। पिछली बार जब वह यहाँ आया था तो अपने पूरे परिवार को वैष्णो देवी के मंदिर ले गया था। इतने लम्बे समय तक घर से दूर रहता है, पर भगवान में कितना विश्वास रखता है।''

''वास्तव में वह बहुत अच्छा लड़का है और जो भी लड़की उसे ब्याहेगी अनंत खुशियों को पाएगी।''

एक आवाज आई, ''रजनी का बेटा क्या करता है?''

''बचपन में वह पढ़ाई में होनहार नहीं था। उसके पिता उसे इंजीनियर बनाना चाहते थे, पर उसकी संगत यहाँ के सबसे शरारती बच्चों के साथ थी और उसके पिता भी उसकी बेलगाम हरकतों से तंग आ चुके थे।''

"अच्छा! तो वह अब क्या करता है?" इस प्रश्न में करुणा झलक रही थी, "वह तो धर्मेश का घनिष्ठ मित्र था न, जो लड़कियों को हमेशा तंग करता था। एक बार उससे जब किसी ने पूछा कि तुम लड़कियों का पीछा क्यों करते हो तो उसने कहा था कि वह तो लड़कियों की हिफाजत के लिए घर तक छोड़ कर आता है।" इस बात पर हल्की खिलखिलाहट की आवाज आई।

"कॉलेज के बाद उसे एम.बी.ए करने के लिए चंडीगढ़ भेज दिया गया और आजकल दिल्ली में किसी प्राइवेट कम्पनी में सेल्समैन का काम करता है।"

"सेल्समैन? यह तो बहुत कठिन कार्य है। दरवाजे-दरवाजे भटकना। बैग उठाकर सारा दिन घूमना और सही खाना भी न खा पाना। अत्यंत ही संघर्षमयी जीवन है।"

"हाँ, पर अब सुनते हैं कि वह बहुत समझदार एवं परिपक्व हो गया है। पिछले महीने मेरी भाभी-भैया दिल्ली गए थे तब वह बस स्टैंड पर उन्हें लेने आया था और घर ले जाकर उन्हें विश्राम करने की पूरी सहूलियत दी। दिन भर उनके लिए खाना, फल इत्यादि का बंदोबस्त करता रहता और शाम को उन्हें छोड़ने के लिए रेल के स्टेशन तक भी गया।"

"लगता है कि सेल्स की नौकरी ने उसे बदल दिया है।"

"हाँ, पर सेल्समैन की जिंदगी में बहुत अधिक यात्रा करनी पड़ती है। जिस लड़की से उसकी शादी होगी, वह तो बेचारी घर पर अकेली ही रहेगी। किसी भी लड़की को सारा घर अकेले ही संभालना पड़ेगा। बड़े शहरों की जिंदगी तो बहुत मुश्किल होती है फिर छोटे शहर की लड़की अगर वहाँ जाए तो बहुत मुश्किल है।"

इन सभी के बीच एक आवाज थोड़े से सोचते हुए स्वर में आई, "पैसा कमाना आसान तो है नहीं। और प्राइवेट कम्पनी वाले पैसा तो देते हैं पर खून चूस लेते हैं। चालीस वर्षीय प्राइवेट कम्पनी वाले की उम्र पचास वर्षीय सरकारी नौकरी वाले की तरह लगती है। पैसा तो मिल जाता है पर स्वास्थ्य का कोई ध्यान नहीं रखा जाता। इस सभी से एक अलग लड़का भी हमारे इर्द-गिर्द है।"

एक प्रश्न जो बहुत लोगों ने एक साथ पूछा, "कौन?"

"अरे वही राजू! याद है उसने अपना स्कूल खत्म करने के बाद कॉलेज भी पूरा किया था। उसके बाद उसने बी.एड. किया और सरकारी स्कूल में अध्यापक का काम कर रहा है। उसकी खास बात यह है कि वह हमेशा सभी की सहायता करता है। घर का घर और परिवार का परिवार–इन सभी के लिए समय है और माता-पिता की शुभकामनाएँ साथ में। अब उसकी तनख्वाह बाकी सभी के मुकाबले तो इतनी अधिक नहीं है पर वह परिवार के साथ एका बना के रहता है।"

"मेरी ननद की बेटी के लिए एक सुयोग्य लड़का देखा जा रहा है और मैं सोच रही हूँ कि इन सभी लड़कों में विवाह योग्य कौन ठीक रहेगा।"

"मेरे ख्याल से वह मर्चेन्ट नेवी वाला लड़का सबसे ठीक रहेगा। इतना ऐशो-आराम के साथ लड़की रहेगी और दुनिया भर की खुशियाँ उसके पास रहेंगी।"

एक आवाज जोर से इसको काटते हुए आई, "हाँ, पैसा तो बहुत मिलेगा लेकिन पति छह महीनों तक साथ नहीं रहेगा। पैसा कितना भी हो, पति का साथ तो पति का ही होता है। मेरे ख्याल से वह बम्बई वाला लड़का बेहतर है।"

''बम्बई वाला? पैसा तो उसने भी बहुत कमाया है और अभी कुछ समय पहले उसने कुल्लू में एक छोटा सा सेबों का बागीचा भी खरीदा है, कहता है कि रिटायरमेंट के बाद वह यहीं पर आकर बसेगा। लेकिन बात यह है कि एक तो वह बम्बई में रहता है और टूर पर भी रहता है, लड़की तो अकेली ही घर पर रहेगी। उससे बेहतर तो वह दिल्ली वाला लड़का है।''

''दिल्ली वाला क्यों?''

''अरे उसके पास पैसा भी है, नौकरी भी है और फिर दिल्ली तो ज्यादा दूर नहीं है। कोई जरूरत हो तो माँ-बाप भी उसकी सहायता करने पहुँच जाएँगे।''

''दिल्ली तो दूर है और हमारे छोटे शहरों की लड़कियाँ तो दिल्ली में ढंग से रह भी नहीं पाएँगी। वहाँ तो किसी पर विश्वास भी नहीं कर सकते। तो लड़का कितना भी कमा ले, अगर आसपास का माहौल ठीक नहीं हो तो लड़की सुरक्षित नहीं रह सकती। भई दिल्ली वालों का तो दिल ही नहीं होता और ऐसे बेदिल शहर में लड़कियाँ बहुत खुश नहीं रह सकतीं।''

अब तक रात काफी हो चुकी थी और इन सभी की बातों को सुनकर मैं अपने सोने के निर्धारित स्थान पर पहुँचा। खुले आसमान में तारों को देखते हुए मैं एक चीज सोच रहा था, कोई लड़का दिल्ली में है, कोई मुम्बई में, कोई समुद्री यात्रा पर या फिर कोई विद्यालय में शिक्षक लेकिन आज शाम की इस गोष्ठी में सभी किसी एक कन्या के रिश्ते के अयोग्य। ये सभी लड़के अपनी-अपनी जिंदगी की दौड़ में दौड़ते हुए प्रतीत हो रहे थे और निर्धारित मंजिल की ओर अग्रसर थे। इस बातचीत के बाद मेरे दिमाग में एक विचार आ रहा था, ''कहीं यह एक घुड़दौड़ की तरह तो नहीं है जहाँ पर

दौड़ने वाले घोड़े अपना पूरा प्रयत्न करते हैं और तमाशबीन केवल मनोरंजन के लिए ही घुड़दौड़ करवाते हैं।''

कहीं मैं किसी घुड़दौड़ में हिस्सा लेकर लोगों के मनोरंजन का साधन तो नहीं बन रहा?

पुलिस थाना

नौकरी के दौरान मुझे अक्सर 'रोड शो' करने पड़ते थे और शहर की गलियों और मोहल्लों में आयोजन करने के लिए गली-गली घूमना पड़ता था। इस दौरान सभी तरह के लोगों से मेल-जोल भी बढ़ गया था। छोटी-छोटी दुकानों से लेकर रेहड़ी वालों तक, मुझे सभी से मेल-जोल बनाना पड़ता था। शुरू में तो बहुत खराब लगता था कि गर्म दोपहर की धूप में मुझे गलियों में घूमना पड़ता था और छोटी-छोटी दुकानों में जाकर आयोजन करने के लिए प्रार्थना करनी पड़ती थी। कई बार तो सामने से ठीक से बात भी नहीं होती थी और गुस्सा भी बहुत अधिक आता था, लेकिन मास्टर जी की एक बात मुझे हमेशा याद रहती थी, "गुस्से में कभी कोई निर्णय मत लो क्योंकि ऐसे फैसले अक्सर गलत होते हैं।" मैंने भी गुस्से में निर्णय नहीं लिए और इसीलिए मेरी गली की दुकानों में अच्छी जान-पहचान बन गई थी।

ऐसे ही एक आयोजन के दौरान मुझे एक मैदान में एक प्रोमोशन का आयोजन करना था। जगह थोड़ी बड़ी थी और मुझे पंडाल लगवाने के लिए पुलिस से अनुमति लेनी थी और इसके लिए मैं आवेदन पत्र लेकर नजदीक के पुलिस थाने में गया। अंदर पहुँचते ही मुझे एक कुर्सी पर बैठने को कहा गया। अभी मैंने बातचीत शुरू की ही थी कि टेबल पर रखे फोन की घंटी बज उठी और वहाँ पर

बैठे सिपाही ने फोन उठाया। उसके बाद का वार्तालाप कुछ इस तरह का था, ''जी साहब'' आवाज में बहुत शालीनता थी जैसे हम किसी के पाँव छूकर बोलते हैं। इसके बाद कुछ पल सिपाही चुपचाप सुनता रहा और फिर बोला, ''जी साहब''। इस बार उनकी आवाज में संवेदनशीलता थी जैसे हम कहते हैं कि 'मेरी ही गलती थी'। अभी बातचीत चल ही रही थी और उनके चेहरे का रंग फीका पड़ गया और बहुत दबी हुई आवाज में वे फिर से बोला ''जी साहब'', इस बार ऐसा लग रहा था जैसे कि कहना चाह रहा हों ''मुझे माफ कर दीजिए'', थोड़ी देर फिर चुपचाप से सुनते रहा और फिर से बोला ''जी साहब'', इस बार आवाज में चहचहाहट थी और चेहरे पर चमक और फिर उन्होंने फोन को रख दिया। फिर मुझे देखकर वे मुस्कुराने लगे और चाय के लिए ऑर्डर दिया। इन दस मिनटों में मैंने जिंदगी का एक बहुत बड़ा पाठ सीखा था, ''केवल शब्द ही हमारी भावनाओं को बयान नहीं करते, आवाज एवं बोलने का अंदाज भी अक्सर बहुत कुछ बताते हैं।"

इसके बाद उस सिपाही ने दो अन्य सिपाहियों को बुलाया और पूछा कि लड़कों के कॉलेज में एक कार्यक्रम का आयोजन होने जा रहा है और उसके लिए छात्रों ने कुछ पोस्टर और बैनर मुख्य चौराहे पर एक मुख्य स्वतंत्रता सेनानी की मूर्ति के ऊपर लगा दिए हैं। जिस जगह पर ये पोस्टर एवं बैनर लगे थे बहुत साफ नजर आ रहे थे पर किसी स्वतंत्रता सेनानी की मूर्ति पर पोस्टर एवं बैनर सम्मान का उदाहरण नहीं है।

चाय पीते हुए मैंने सिपाही से पूछा कि आप इन चीजों को कैसे संभालते हैं, तो इस पर वह बहुत जोर से हँसने लगे और बोले, ''इज्जत और आदर अपने सेनानियों को हम केवल स्वतंत्रता दिवस,

गणराज्य दिवस एवं पुण्यतिथियों पर ही देते हैं। हर रोज ऐसे सैकड़ों उदाहरण हमारे सामने आते हैं जब गंदगी फैलाने वाले लोग किसी चीज का ध्यान भी नहीं देते। कभी-कभी तो ऐसा लगता है कि क्या हम लोग सच में इज्जत भी करते हैं? आज ही का उदाहरण ले लीजिए, कॉलेज के छात्रों ने बैनर और पोस्टर लगाकर गरिमा का ख्याल भी नहीं किया और अब उन पोस्टरों को हटाने के लिए हमें कुछ पुलिस वालों को भेजना पड़ेगा और सारा सफाई का काम अपने समक्ष करवाना पड़ेगा। अब अगर पुलिस वाले इन कामों में व्यस्त रहेंगे तो फिर बाकी की चीजों का कौन ध्यान रखेगा?''

इस प्रश्न ने मुझे एक गहरी सोच में डाल दिया, और मैंने अपनी अर्जी देते हुए कहा कि आप मुझे यह बतला दीजिए कौन-कौन सी जगह पर मुझे बैनर एवं पोस्टर लगाने की अनुमति नहीं है। मेरी अर्जी ले ही रहे थे कि तभी एक फोन आया और उन्हें बताया गया कि उनकी माताजी की तबियत खराब हो गई है और उन्हें अस्पताल ले जा रहे हैं। किसी भी इंसान के लिए माँ की पीड़ा सबसे असहनीय मानी जाती है, लेकिन इस समय भी वह जा नहीं पाए। पूछने पर पता चला कि शाम के समय मंत्री जी का आने का कार्यक्रम था और इसके लिए उनको प्रबंधन का कार्य दिया गया। बैठे-बैठे मुझे कोलकाता का समय याद आया। उन दिनों हम कोलकाता में रहते थे और दुर्गा पूजा के समय उस शहर की छवि देखते ही बनती है।

हम लोगों ने टॉलीगंज से चलना आरम्भ किया और हर पंडाल में घूमने का इरादा बनाया। शाम के समय हर गली में बल्बों की लड़ियाँ लगी होती हैं, सभी लोग अपने वाहन छोड़कर पैदल चल रहे होते हैं। इसी मेले के दौरान हम कुछ लोगों से मिले एवं दुर्गा

माँ के प्रकट होने का एहसास उनकी बातों से ही लग रहा था। एक जुनून था और इस माहौल को नियंत्रण में रखने के लिए कोलकाता पुलिस के जवान मुस्तैद रूप से खड़े थे। प्रमुख पंडालों में, जहाँ पर हजारों की संख्या में भीड़ का जमावड़ा था, एक अनुशासन नजर आ रहा था। दुर्गा पूजा के समय परिवार के सभी सदस्य एक साथ मिलकर चलते हैं और हम लोग यह देखकर बहुत खुश हुए कि दो परिवारों के सदस्य बहुत लम्बे समय के बाद एक पंडाल में अकस्मात ही मिल गए और फिर सारी रात वहाँ पर बैठकर अपनी यादों को तरो-ताजा करते रहे। ऐसा प्रतीत हुआ कि दुर्गा पूजा पर्व के दौरान ऐसे अकस्मात मिलन हो जाते हैं। पास में खड़े पुलिसकर्मी पूरे स्थान पर अपनी नजर बनाए हुए थे। मन में एक प्रश्न उठा, "क्या इनके परिवार दुर्गा पूजा पंडाल में नहीं होंगे?"

अभी पुलिस थाने में अर्जी की प्रतीक्षा करते हुए मुझे एक चीज का एहसास तो हो गया कि हम लोग अक्सर बात करते हैं अपने परिवार के बारे में और भूल जाते हैं पुलिस वालों को और उनकी तरह अनेक लोगों को जिनकी सहायता हम अपने कार्य को ठीक करने मात्र से ही कर सकते हैं। कुछ देर के बाद मुझे अपने कार्य की अनुमति तो मिल गई पर पुलिस स्टेशन में बिताए दो घंटे मुझे नागरिक शास्त्र के कुछ बुनियादी पाठ पढ़ा गए। भला हो हमारे पाठ्यक्रम का, हमें कॉलेज में छात्रों को पुलिस स्टेशन जैसे स्थलों में ले जाना चाहिए।

बॉर्डर फिल्म

एक दिन सुजाता ने मुझसे कहा कि क्या आप लोंगेवाला के बारे में जानते हो? मैंने अखबार पर अपना ध्यान केन्द्रित करते हुए मना कर दिया। वह मेरे पास आकर बैठ गई और ताना कसते हुए बोली, ''आपको नौकरी के अलावा कुछ और दिखता ही नहीं।''

यह वाक्य को मैं शादी के बाद से सुनता आ रहा था, तो बिना ध्यान देते हुए मैंने कहा, ''हाँ, ठीक है, पर अब नया क्या है?'' सुजाता बहुत उत्साहपूर्वक बोली, ''आपको पता है कि एक नई फिल्म आई है बॉर्डर जिसमें नलसर के पास की शूटिंग भी है आपको अपनी मातृभूमि याद आ जाएगी।'' फिल्मों में कम दिलचस्पी रखने के कारण मुझे कभी फिल्म जगत के बारे में पता नहीं होता था, और आज जब नलसर के पास की शूटिंग के बारे में सुना तो बचपन की कुछ यादें ताजा हो गईं। फिल्म में क्या है क्या नहीं, मेरा इससे कोई सरोकार नहीं था, बस नलसर देखने जाना था। मैंने इतना भी सोचने की कोशिश नहीं की कि फिल्म बॉर्डर का नलसर से क्या सरोकार हो सकता है, पर मातृभूमि की भावना ने मुझे इस कद्र घेर लिया था कि बस फिल्म देखने जाना ही था।

शनिवार शाम के शो की दो टिकटें लेकर मैं आ गया। ऐसा हमारे विवाहित जीवन में पहली बार हुआ था कि फिल्म की टिकट

मैं लाया था। सुजाता बहुत आश्चर्यचकित थी पर खुश थी क्योंकि इस बार फिल्म की टिकट के लिए उसे लाइन में खड़ा नहीं होना पड़ेगा। हॉल के बाहर पहुँचकर जब मैंने पोस्टर देखा तो मिलिट्री के कपड़ों में जंग करते अभिनेता को देखा तो नाम 'बॉर्डर' समझ में आया। एक प्रश्न आया कि नलसर कहाँ है? लेकिन सुजाता की मुस्कुराहट के सामने बाकी सभी चीजें छोटी पड़ जाती हैं।

जैसे ही हमने अपनी सीट संभाली और फिल्म शुरू हुई, मेरी नजरें नलसर को टटोलने लगीं। मेजर चाँदपुरी का परिवार उनके युद्ध में जाने के खिलाफ था लेकिन कर्तव्यबद्ध मेजर साहब ने युद्धक्षेत्र को चुना। तभी हॉल में एक आवाज गूँजी, "ड्यूटी बिफोर ब्यूटी", हिन्दी में कहें तो 'कर्तव्य, सौन्दर्य से पहले'। कहा तो यह दर्शकों ने मजाक में था किन्तु यह कथन जीवन का एक बहुत बड़ा मूल्य दर्शाता है। अभी तक नलसर टटोल रही आँखें, अब पूरी तरह से फिल्म में बँध गयी थीं और एकाएक यह फिल्म रोचक लगने लगी।

धीरे-धीरे फिल्म बढ़ने लगी और एक सीन में वायुसेना के अधिकारी, एंडी जिनका नाम था, अपने दल की ट्रेनिंग के दौरान उन्हें युद्ध के बारे में बता रहे थे और उन्होंने एक बात कही, 'जितना तुम शांति के समय ट्रेनिंग करते हुए पसीना बहाओगे, उतना कम खून युद्ध में बहाओगे।' जिंदगी की एक और बड़ी सीख, कितनी आसानी से कह दी गई। यह सोचकर लगा कि हम लोग नौकरी में भी तो यही कहते हैं कि अगर शांति के समय ठीक से प्रोडक्ट बनाया जाए तो मार्केट (युद्धक्षेत्र) में कम खून बहेगा (डिस्काउंट)। यह कथन और भी अच्छा लगा क्योंकि एक सोच-समझ कर बनाई गई रणनीति विपरीत परिस्थितियों में भी ठीक स्थान पर पहुँचा देती है।

मेजर चाँदपुरी के रूप में एक निर्भीक लीडर सामने दिख रहा था। जैसे-जैसे फिल्म आगे बढ़ रही थी युद्धक्षेत्र के रूप में मुझे अपना कार्यस्थल नजर आने लगा और सेना के जवानों के रूप में टीम के सदस्य नजर आ रहे थे। अब इस फिल्म में युद्धक्षेत्र की जगह मुझे मेरा कार्यस्थल नजर आ रहा था।

एक नया लेफ्टिनेंट धर्मवीर के रूप में नया भर्ती अफ्सर था और जब पहली बार उसके सामने दुश्मन पर गोली दागने का अवसर आया तो वह बंदूक चला नहीं पाया, परिणामस्वरूप कुछ लोग उसको 'बच्चा' बोलने लगे। अक्सर कॉर्पोरेट दुनिया में युवा लोग जब मैनेजमेंट केडर में आते हैं तो उन्हें बहुत तरह की चीजों को झेलना पड़ता है, लेकिन इससे बहुत कुछ सीखने को मिलता है।

एक और छोटा किन्तु बहुत जरूरी पहलू सामने आया जब हाईकमान को पता लगा कि दुश्मन की फौज पूरी तैयारी के साथ आई हुई थी और हमारी ओर से कुछ ही जवान थे। ऐसे में हाईकमान ने फैसला मेजर चाँदपुरी पर छोड़ दिया। एक लीडर पर इतने सारे जवानों की जिंदगी और मौत का फैसला। किसी की जिंदगी या मौत के फैसले कभी आसान नहीं होते और हाईकमान का मेजर पर इतना विश्वास, निश्चय ही मेजर की काबिलियत को दर्शाता है।

मेजर के पास दो विकल्प थे, सेना को लेकर वापिस आए या फिर युद्धक्षेत्र पर जाने का फरमान दे। लेकिन एक अच्छे लीडर की भाँति उन्होंने यह फैसला अपनी कमान के ऊपर छोड़ दिया। जब सभी से यह प्रश्न पूछा गया तो युद्धक्षेत्र छोड़कर भागने से सभी ने मना किया। सर्वसम्मति से लिए गए निर्णय हमेशा अच्छे साबित होते हैं और युद्धक्षेत्र में लिए गए उस निर्णय का पालन करने के लिए

सभी लोग बाध्य थे और अपने बारे में उन्होंने एक घोषणा करते हुए कहा, ''मैं भी युद्धक्षेत्र में आपके साथ हूँ, यदि मैं कहीं कमजोर पड़ जाऊँ और युद्धक्षेत्र से भागता हुआ पाया जाऊँ तो आप लोग मुझे भी गोली मार देना।''

इस कथन में व्यक्तिगत मूल्यों की बराबरी दर्शाती है। लीडर का यह कहना कि युद्ध के दौरान आपके और मेरे लिए, हम सभी के लिए एक समान नियम लागू होंगे।

यह बात मेरे दिल को छू गई क्योंकि कुछ दिन पहले हमारे कार्यक्षेत्र में भी कुछ घटना ऐसी घटी कि एक अफसर का बच्चा स्कूल बस से उतरा नहीं तो पूरा कार्यालय इधर-उधर फोन करने लगा और कुछ समय के लिए पूरा कार्यस्थल अस्त-व्यस्त हो गया था। कुछ दिनों के बाद एक और जूनियर अधिकारी के भाई की मृत्यु हो गई और किसी ने किसी तरह की मदद देने की पेशकश भी नहीं रखी। मेजर चाँदपुरी का व्यवहार आत्मविश्वास दर्शाता है और शायद यह आत्मविश्वास ही आपकी टीम में दिखता है।

इस फिल्म का एक किरदार मथुरादास भी हमारी मानसिकता का पहलू दिखाता है। कर्मक्षेत्र में सभी लोग अपनी व्यक्तिगत चिंताएँ छोड़कर आए थे ओर जिस समय आपकी जरूरत ज्यादा हो उस समय छुट्टी लेकर निकलना और जाते हुए ऐसे खुशी मनाते हुए जाना जैसे आप तो ग्रीष्मावकाश के लिए जा रहे हों अत्यंत शर्मनाक भाव दिखलाता है, किंतु आधे रास्ते से वापिस आना, अपने कर्त्तव्य को निभाना, शायद यह मानसिक जीत का पहलू है।

युद्धक्षेत्र में पूरी रात चलते रहे इस द्वन्द्व को समाप्त होना था किन्तु एक सौ बीस जवान कब तक टैंकों का सामना कर सकते थे।

भोर होते ही भारतीय वायु सेना ने आकर दुश्मनी टैंकों को ध्वस्त कर दिया और एक कथन जिसने मुझे पूर्णतया बदल दिया, "हम ही हम हैं, तो क्या हम हैं, तुम ही तुम हो, तो क्या तुम हो।"

आप कितने भी बड़े क्यों न हो जाएँ, अकेले आप कभी पूर्ण नहीं होंगे आपको हमेशा पूरी टीम को साथ लेकर चलना होगा। हॉल से बाहर आते हुए मैं मातृभूमि, भारत देश के और अधिक नजदीक आ गया था। यहीं सोच रहा था कि इस फिल्म में युद्ध को दर्शाया तो जरूर गया है किंतु लीडरशिप के लिए यह फिल्म जरूरी देखनी चाहिए।

रात को मैंने सुजाता से पूछा कि मातृभूमि नलसर कहाँ था तो वह बोली मातृभूमि भारत तो आपके दिल में इतनी बड़ी जगह में था, आप नलसर के आसपास के इलाके को पहचान भी नहीं पाए।

मातृभूमि-यह देश है मेरा
गाँव या कसबा ही नहीं।

क्या आपके पास पाना है?

मैं दिल्ली की भीड़भाड़ से परिचित हो गया था। सभी जगह भीड़, बस की भीड़, बस अड्डे की भीड़, लाल बत्ती पर भीड़, सुबह की भीड़, शाम की भीड़। बड़े शहरों की जिंदगी का मतलब है शायद एक भीड़ में खुद को टटोलना। एक सफर जो सुबह हर्ष एवं ताजगी के साथ शुरू होता है शाम होते-होते गहरी थकान में बदल जाता है।

सफर की थकान से बचने के लिए मेरे पिताजी ने मुझे स्कूटर तोहफे में दिया। उस समय मैं अपने एक सहयोगी, रितेश के साथ रहता था। रितेश बिहार से दिल्ली आया था और मेरी ही तरह उसका इस विशाल शहर में कोई जानकार नहीं था। अत: हमारी अच्छी दोस्ती हो गई थी और हम दो भाईयों की तरह विश्वासपूर्वक रहते थे। स्कूटर आने के बाद तो हमारे जीवन को एक नई परिभाषा मिल गई थी, एक आजादी की परिभाषा। अब तक की धीमी नीरस जिंदगी को पहियों की शक्ति मिल गई और हम लोग हर रविवार को फिल्म देखने जाते थे। कनॉट प्लेस, करोल बाग, दरियागंज, ऐसा कौन सा हॉल था जहाँ हम न पहुँचे हों। इसके साथ-साथ खाने-पीने की सारी मशहूर दुकानों पर जाकर हम लोग रविवार को लंच एवं डिनर करते थे। हमारे इस सफर में हमारे स्कूटर 'पुष्पक' ने हमारा बखूबी साथ दिया।

हमारी तीन लोगों की संगत—मैं, रितेश और पुष्पक ने दिल्ली की गलियों को बहुत छोटा बना दिया था। इसी तरह एक शाम जब हम लोग फिल्म देखकर लौट रहे थे तो पुष्पक का टायर पंचर हो गया। हमारे स्कूटर की स्टेपनी (तीसरा टायर) भी खराब था। तो पंचर ठीक करवाने के लिए हम पूछ-पूछ कर एक मेकैनिक के पास पहुँचे। वहाँ पर एक छोटा सा बल्ब जल रहा था और जब हमने स्कूटर के विषय में बात की तो दुकान पर बैठे उस आदमी ने छोटू को आवाज देकर पंचर ठीक करने के लिए कहा। जब तक छोटू आकर पुष्पक के टायर को ठीक करता, मैं और रितेश नजदीक के ढाबे में चले गए और हमने डिनर का आर्डर कर दिया। ढाबा छोटा जरूर था, लेकिन खाना बहुत स्वादिष्ट था। अभी हमारा भोजन समाप्त भी नहीं हुआ था कि छोटू ने आकर हम से कहा, "आपका टायर ठीक कर दिया है। आकर चेक कर लो।" भोजन के पैसे देने के पश्चात हम लोग 'पुष्पक' पर बैठे, पैसे दिए, शुक्रिया कहा और वापिस अपने घर आ गए। सोमवार की सुबह रितेश को कार्य के सिलसिले में मेरठ जाना था। उसे बस अड्डे पर छोड़कर मैं अपने कार्यालय चला गया।

शाम के समय जब मैं कार्यालय से निकलकर पुष्पक पर सवार हुआ ही था कि मुझे एहसास हो गया कि अगले टायर की हवा निकल गई है। टायर बदलने के लिए मैंने टूल बैग खोला तो देखा कि पाना तो है ही नहीं। चारों ओर देखने पर भी मुझे पाना नहीं मिला। अब चिंता का विषय था कि पाना कहाँ से लाया जाए। पार्किंग क्षेत्र में खड़े होकर मैं सोच रहा था कि कोई स्कूटर वाला आए तो मैं पाना ले लूँ। अभी मैं सोच ही रहा था कि अधेड़ उम्र के एक महानुभव पार्किंग क्षेत्र की ओर आते नजर आए। मैंने उनसे

कहा, "महाशय मुझे पाने की जरूरत है, क्या आप मुझे अपने स्कूटर का पाना दे सकते हो?" ऊपर से नीचे तक मुझे निहारते हुए उन्होंने कहा, "तुम तो उम्र में काफी जवान लग रहे हो, तुमने यह स्कूटर कब खरीदा?"

"मेरे पिताजी ने यह स्कूटर मुझे तोहफे के रूप में दिया है।" मैंने कहा।

"ओह! तो पिताजी ने तुम्हें उपहार स्वरूप यह स्कूटर दिया। लेकिन जब उन्होंने तुम्हें यह महंगा उपहार दिया, तो शायद बताना भूल गए कि तुम्हें औजार भी साथ रखने चाहिए।" उनके चेहरे पर एक अजीब सी मुस्कुराहट थी।

तन्मयता के साथ उनको बताते हुए मैंने कहा, "जी, स्कूटर देते समय मेरे पिताजी ने मुझे कहा था कि इसे सावधानीपूर्वक चलाना। मेरी माताजी ने भी कहा था कि गति पर अपना कंट्रोल रखना। आप मेरा यकीन मानिए श्रीमान मैंने अपने माता-पिता की बात को सदैव माना है।"

थोड़ा सकपकाते हुए वे बोले, "मुझे नहीं लगता कि तुम अपने माता-पिता की बात का अनुसरण करते हो। मैंने भी अपना स्कूटर पिछले साल खरीदा था और हमेशा इसे बच्चे ही तरह ही पाला है। अगर मैं अपने स्कूटर को बच्चे की तरह इज्जत दूँगा, तभी यह भी मेरी इज्जत करेगा।"

उनके इस जवाब से मैं बहुत प्रभावित हुआ, कितने नेक विचार हैं इन साहब के लेकिन इन बातों से मेरी समस्या का हल नहीं मिल रहा था। मैंने शब्दों में थोड़ा वजन डालते हुए दोबारा पूछा, "श्रीमान क्या मैं आपका पाना उधार ले सकता हूँ?" मेरी बात सुनकर ऐसा प्रतीत हुआ जैसे कोई विचार अचानक उनके दिमाग में आया,

वे बोले, ''अरे मैं पंद्रह मिनट से यहाँ खड़े होकर अपना वक्त खराब कर रहा हूँ। मुझे तो अपनी पत्नी के साथ बाजार जाकर शॉपिंग करनी थी, और तुमने मुझे बातों में उलझा दिया।'' इतना कहकर वे अपने स्कूटर पर बैठकर चले गए। मैं यहीं सोच रहा था कि ऐसा क्या हो गया कि इतनी सरलता से मुझे समझाने वाले महानुभाव एकाएक गायब हो गए।

मैं अभी सोच ही रहा था कि मुझे चौधरी साहब आते हुए दिखाई दिए। चौधरी साहब के बारे में मशहूर था कि वे किसी भी बड़ी से बड़ी समस्या का हल निकाल लेते थे। इससे पहले कि वे वहाँ तक पहुँचते, मैं भाग कर उनके पास गया और उनसे कहा, ''चौधरी जी, मेरे स्कूटर की हवा निकल गई है और समझ में नहीं आ रहा कि क्या करूँ?''

चौधरी जी ने स्नेहपूर्वक मेरे कंधे पर हाथ रखते हुए पूछा, ''बेटा क्या हुआ, तुम्हारा पाना कैसे खो गया?'' मैंने पूरी कथा विस्तारपूर्वक समझा दी। पूरी कथा सुनकर वे एक नतीजे पर पहुँचे, ''कल रात जहाँ तुम्हारे स्कूटर की हवा निकली थी, संभवत: उसी स्थान पर दूसरे टायर की हवा भी निकलनी शुरू हो गई होगी। ये सड़क किनारे वाले मेकैनिक अक्सर सड़क पर कीलें और नुकीली चीजें रख देते हैं, जिससे सड़क पर चलने वाली गाड़ियों के टायर पंचर हों और उनका बिजनेस चलता रहे। और जिस समय तुम ढाबे पर खाना खा रहे थे, छोटू ने संभवत: तुम्हारा पाना चुरा लिया।''

मुझे यह तो नहीं पता कि जो बात चौधरी जी कह रहे थे, वह सच थी या झूठ पर पाना पाने की कसक ने मुझे उनसे एक और प्रश्न करने के लिए प्रेरित किया। मैंने पूछा, ''श्रीमान, क्या आप मेरी कुछ मदद कर सकते हैं?''

वे बोले, ''एक काम करो, तुम एक बस पकड़कर कश्मीरी गेट चले जाओ। वहाँ पर पाने की बहुत दुकानें हैं। एक अच्छा पाना ले आओ।''

मैंने कहा, ''अभी साढे छः बज रहे हैं, वापिस आते-आते मुझे दस बज जाएँगे। क्या आपके किसी मित्र के पास पाना नहीं मिल सकता?''

आसमान की ओर देखते हुए वे कुछ सोचने लगे और बोले, ''मेरे मित्रों में शर्मा जी, सिंह साहब, आजम भाई और एलेक्सेंडर के पास स्कूटर है तो पाने भी मिल जाएँगे, लेकिन इनमें से कोई भी यहाँ नजदीक नहीं रहता, नहीं तो मैं खुद जाकर तुम्हारे लिए पाना ले आता बेटा। लेकिन कोई बात नहीं तुम्हें कभी भी कोई मदद चाहिए हो तो चौधरी का नाम याद रखना।'' इतना कहते हुए वे मुस्कुराते हुए वहाँ से निकल गए। अब मुझे भी थोड़ी सी हँसी आने लगी और समझ में आने लगा कि चौधरी जी को लोग 'सभी समस्याओं का हल' के रूप में क्यों जानते हैं। बातें दुनिया भर की लेकिन फायदा कोई भी नहीं।

मैं कोई उचित हल ढूँढ ही रहा था कि वहाँ पर शंकर प्रसाद जी को आते हुए देखा। मेरी ओर आते हुए उन्होंने उत्सुकतावश पूछा, ''राधे, तुम अभी तक यहीं पर खड़े हो? घर नहीं गए?'' मैंने उन्हें खोये पाने की कथा सुनाई। खोये पाने की दुखद कथा सुनकर उन्होंने मुझे एक सुझाव दिया। उन्होंने कहा, ''तुम तुरंत उस मेकैनिक के पास जाओ और अपना पाना लेकर आओ। कितने शर्म की बात है। तुमने तो सुना ही होगा एक मछली पूरे तालाब को गंदा करती है और आज के बाद तुम्हें किसी भी मेकैनिक पर भरोसा नहीं रहेगा।'' यह कथन मुझे थोड़ा अटपटा जरूर लगा और मैंने

पूछा, ''आपके पास भी तो स्कूटर है। आप कैसे ऐसी स्थितियों से निपटते हैं?'' मेरा प्रश्न सुनकर प्रसाद जी धीमे से मुस्कुराए और बोले, ''मेरे पास तीन पाने रखे हुए हैं।''

''तीन पाने क्यों?'' मैंने पूछा।

वे बोले, ''बेटा तजुर्बा इंसान को बहुत कुछ सिखा देता है। एक पाना हमेशा मेरे स्कूटर की किट में रहता है जिससे अगर मुझे कहीं पर भी कोई जरूरत पड़े तो यह पाना मेरे काम आ सके। दूसरा पाना मेरे घर पर रहता है कि अगर यह पाना खराब हो जाए तो मैं घर से दूसरा पाना लाकर इस्तेमाल कर सकूँ।'' इतना कहकर वे चुप हो गए। मैंने पूछा ''और तीसरा?''

''अरे वह तो मेरे कार्यालय में रखी अल्मारी में रखा हुआ है। वह तो बहुत संभाल कर रखा है।'' वे बोले। मैंने कहा कि ''क्या आप एक पाना मुझे थोड़ी देर के लिए दे सकते हैं?''

बहुत गहरी साँस भरते हुए उन्होंने कहा, ''राधे। यहाँ पर खड़े-खड़े मुझे पंद्रह मिनट हो गए हैं और आज मुझे जल्दी घर पहुँचना है। अगर अपने स्कूटर वाला पाना तुम्हें दे दिया तो मैं रास्ते में किसी टायर संबंधी समस्या में फँस जाऊँगा और अगर दोबारा चौथी मंजिल पर चढ़ कर जाऊँगा तो पंद्रह मिनट और लेट हो जाऊँगा। बेटा अभी मैं निकलता हूँ, पर ध्यान रहे हमेशा तीन पाने रखो।'' इतना गूढ़ ज्ञान देने के बाद वे अपना स्कूटर स्टार्ट करके चले गए।

अब तक मेरा विश्वास गुस्से में तब्दील होने लगा था और पहली बार मुझे ''पुष्पक'' पर गुस्सा आ रहा था। लेकिन मेरा अजीज, मेरा ''पुष्पक'' मेरे साथ हमेशा रहा था और आज उसे मेरी जरूरत थी। खड़े-खड़े मैं थोड़ा थक गया था, तभी सड़क किनारे पर खड़े चाय

वाले से एक चाय के लिए कहकर मैं वहीं पर बैठ गया। टहलते हुए दो लड़कों को आते हुए देखा तो मैंने बात शुरू करते हुए उनसे स्कूटर के बारे में बात की। एक लड़का हँसते हुए बोला कि मेरा एक दोस्त है जो दाँतों से बड़ी-बड़ी बोतलों के ढक्कन खोल देता है, स्कूटर के नट भी खोल देगा। मेरी व्यथा पर यह उपहास मुझे हँसने पर विवश करने लगा। अजीब बात है जिनसे आप रोज बातचीत करते हैं उनके पास आप दिल से बात भी नहीं कर सकते और किसी अपरिचित व्यक्ति के उपहास पर भी आप मुस्कुरा देते हैं।

चाय पीते हुए एक सज्जन शायद हमारी बात सुन रहे थे। वे मुझसे बोले, ''यह मेरे स्कूटर का पाना है, तुम इसे इस्तेमाल कर लो, तब तक मैं यहाँ चाय पी लेता हूँ।''

अपने स्कूटर का टायर बदलकर मैंने उन्हें धन्यवाद कहा और घर की ओर निकल पड़ा। आज शायद 'पुष्पक' ने मुझे जिंदगी का एक नया रूप दिखाया था, एक नया पाठ पढ़ाया था, जो शायद मास्टर जी ने मुझे नहीं सिखाया था। ज़रूरत के समय आपको मदद अक्सर अनजान लोगों से ही मिलती है। पर एक बात मैं पूछना भूल गया।

"क्या आपके पास पाना है?"

साईकिल रिक्शा

हमारे बेटे रोहन ने हाल ही में भारत के एक प्रतिष्ठित एम.बी.ए. संस्थान से एम.बी.ए. की डिग्री प्राप्त की थी। डिग्री मिलने से पहले ही उसे एक नामी बहुराष्ट्रीय कम्पनी में नौकरी मिल गई। नौकरी के तहत उसे काफी सफर करना पड़ता था और इसके बदले में कम्पनी भी पूरी इज्जत और आराम का ख्याल रखती। वह जहाँ भी जाता उसे शहर के अच्छे होटलों में ठहरने की सुविधा देती और सफर भी पूरा हवाई मार्ग से। यह एक उपलब्धि थी कि इतनी छोटी उम्र में ही उसकी कम्पनी उसका इतना ख्याल रखती थी। अपने बच्चों की आत्मनिर्भरता देखकर सभी माता-पिता बहुत गर्वान्वित महसूस करते हैं और सुजाता और मैं भी इससे बहुत खुश थे।

एक दिन वह मुझे निवेश के बारे में समझा रहा था और बता रहा था कि किस तरीके से मेरी बचत बढ़ सकती है। उसी दिन शाम को वह सुजाता के साथ रसोईघर में बैठा और सारे सामान की एक सूची बनाने लगा। फिर उसने महीने की खपत की लिस्ट बनाई। थोड़ी देर तक अंकों में कुछ गुणा-भाग करने के बाद उसने बताया कि यदि हम चीजों को उसकी बताई मात्रानुसार लाते हैं तो हम रसोई के खर्चों को दस प्रतिशत तक कम कर सकते हैं। दस प्रतिशत खर्चे कम करने की बात ने सुजाता के मन में एक नई खुशी की

लहर दौड़ा दी थी। सुजाता ने खुशी-खुशी में हलवा बना दिया। हलवा हमारे घर में तभी बनता था जब कोई उत्सव होता था और दस प्रतिशत खर्चे की कमी किसी उत्सव से कम नहीं थी। इसी दौरान हमें किसी कार्य के लिए नलसर आना था और चंडीगढ़ तक की दूरी हमने ट्रेन से करने की सोची। रोहन हमारे साथ स्टेशन तक आया और हमें ट्रेन में बिठाने के बाद ही उसका वापिस जाने का कार्यक्रम था। स्टेशन पर पहुँचकर हमने सोचा कि एक कुली कर लेते हैं। कुली ने कहा, ''तीस रुपए'' यह सुनकर रोहन जोर से बोला, ''दस रुपए में चलना है तो चल वरना सामान यहीं छोड़ दो।'' जब कुली ने कहा तीस रुपए का रेट है तीन नग तो रोहन भी ऊँचे स्वर में बोला, ''हम हर महीने यहाँ आते हैं और हमेशा दस रुपए ही देते हैं। अगर दस रुपए में चलना है तो ठीक है, नहीं तो इसे यहीं छोड़ दो।'' किसी तरह से बात बीस रुपए पर तय हुई और रोहन और कुली तेजी से चलते हुए निर्धारित प्लेटफार्म की ओर चल पड़े, मैं और सुजाता धीरे-धीरे चलने लगे। खामोशी को चीरते हुए सुजाता एक संवेदनशील स्वर में बोली, ''रोहन ने झूठ क्यों कहा कि हम हर महीने यहाँ आते हैं? हम तो पहली बार उसके साथ आए हैं।'' निर्धारित सीट पर हम अभी बैठे ही थे कि रोहन, हमारा आज्ञाकारी बेटा हमारे लिए चाय लेकर आया। सुजाता, जिसका भावनात्मक रूप से रोहन का लगाव बहुत ज्यादा था, आज उससे थोड़ी नाराज नजर आ रही थी। कुली वाली कहानी पूछने पर रोहन ने कहा, ''ये लोग ऐसे ही मानते हैं, इनको ज्यादा सिर पर चढ़ाने की जरूरत नहीं है। अगर आप लोग हस्तक्षेप न करते तो मैं केवल पंद्रह रुपए ही देता।''

हम लोग समझ गए थे कि यहाँ पर चर्चा करके कोई फायदा नहीं है। ट्रेन के चलने पर रोहन वहाँ से वापिस घर आ गया और

सुजाता और मैं पूरे रास्ते यह चर्चा करते रहे कि एम.बी.ए. में जाने से पहले रोहन कभी इस तरह से बात नहीं करता था। अब वह दुनिया को समझने लगा था। लेकिन उसके अंदर एक अहंकार आ गया था। उसे यह लगने लगा था कि एम.बी.ए. की डिग्री से उसे दुनिया की हर समस्या का समाधान मिल गया था और वह हर समस्या का हल ढूँढ सकता है। विश्वास अच्छी चीज होती है पर अति आत्मविश्वास से नुकसान भी होता है।

वापिस दिल्ली आने पर सोहन (मेरे बचपन का मित्र) का बेटा, बहू और पोता हमारे साथ आए थे। शाम को घर में जब मैंने उन्हें रोहन से मिलाया तो रोहन ने उनके साथ साधारण सा व्यवहार किया। मुझे ऐसा लग रहा था जैसे पीढ़ियों से चले आ रहे विश्वास और दो परिवारों का आपसी प्रेम अब कम हो रहा था। शाम को रोहन के साथ मैं राशन की दुकान पर गया और हम दुकान में प्रवेश करने वाले आखिरी ग्राहक थे पर मैंने पाया कि रोहन अपना बिल देने में सबसे आगे पहुँच गया था। बाहर आकर मैंने उससे पूछा कि यह तुमने कैसे किया तो वह बोला, ''मैंने दुकानदार से कहा कि हम पूरे महीने की खरीददारी करने आए हैं। जब वह नहीं माना तो मैंने सारा सामान पैक करवा लिया और कहा कि मुझे घर जाने की जल्दी है, यदि वह मेरा बिल पहले नहीं बनाता तो मुझे सामान ज्यों का त्यों छोड़कर आना पड़ेगा। मेरा इतना कहना ही था कि उसने सबसे पहले मेरा बिल बना दिया।''

मुझे समझ नहीं आ रहा था कि झूठ बोलकर, दस मिनट जल्दी आकर ऐसा कौन सा रत्न या पुरस्कार रोहन को मिला पर लोगों को बेवकूफ बनाकर और दस मिनट बचाकर उसके चेहरे पर जो खुशी झलक रही थी वह एक अलग दास्तान बयान कर रही थी।

अगले दिन सुजाता और मैं सोहन के पोते के लिए तोहफे के रूप में एक साइकिल लेकर आ गए। साइकिल को देखकर उसकी आँखों की चमक को देखकर मुझे सोहन और अपना बचपन याद आ गया। गाँव में साइकिल लेकर हम लोग लम्बी दूरी तक घूमने के लिए निकल जाते थे। इंडिया गेट के आसपास का इलाका काफी साफ-सुथरा था और हम लोग शाम को वहाँ चले गए और साइकिल चलाने के लिए खुला मैदान, इससे बेहतर किसी को क्या चाहिए। उस बच्चे की इस साइकिल में और मेरी उस बच्चे में दिलचस्पी बढ़ती जा रही थी।

शाम के समय साइकिल चलाते समय उसका एक टायर पंचर हो गया और अगली सुबह, इतवार के दिन मैं उसे नजदीक की पंचर वाली दुकान पर ले जाने लगा तो रोहन मेरे साथ चल दिया। यह दुकान हमारे घर से थोड़ी दूरी पर थी और मौसम अच्छा था तो हम लोग पैदल ही निकल लिए। चलते-चलते हम लोग साइकिल के बारे में बात कर रहे थे और रोहन मुझे बता रहा था कि विदेशों में नई प्रकार की साइकिलें होती हैं जिनके टायर अलग-अलग तरह की सड़कों पर चलने के लिए बने थे, जैसे मरुस्थल जैसी सतह के लिए एक तरह के टायर, समुद्री किनारों की सतह के लिए दूसरी तरह के टायर, ऊबड़-खाबड़ सतह के लिए तीसरी तरह के टायर और साइकिल रेस के लिए अलग टायर। बातों-बातों में टायर की बातों में यह तो समझ में आया कि टायरों की मुरम्मत करने वालों को भी अनेक तरह के पंचर लगाने पड़ेंगे अगर अलग-अलग टायरों वाली साइकिलें उनके पास आएँ। मैं रोहन को बता रहा था जब मैंने पहली बार साइकिल चलाई तो मैं बहुत जोर से गिरा था और एक हफ्ते तक स्कूल नहीं जा पाया था। साइकिल के साथ बचपन की यादें जुड़ी हुई होना एक स्वाभाविक सी बात है और रोहन अपने

कॉलेज की कहानी बता रहा था। बातों-बातों में हम साइकिल मुरम्मत की दुकान पर पहुँच गए। दुकान खुली थी पर वहाँ पर कोई नहीं था। थोड़ा इधर-उधर आवाज लगाई और जब कोई नहीं आया तो हम लोग साथ वाली दुकान पर पूछने के लिए चले गए। जैसे ही हम पीछे मुड़े तो देखा कि दुकान पर मेकैनिक आ गया है। साइकिल लेकर जैसे ही हम वहाँ पहुँचे, उसी समय एक रिक्शा वाला भी अपनी रिक्शा की मुरम्मत के लिए पहुँचा। हमारी साइकिल और रिक्शा दोनों एक साथ पहुँची। पर उसने पहले रिक्शा वाले से पूछा कि क्या करना है। आदतानुसार रोहन ने उससे ऊँचे स्वर में कहा, "भैया हम यहाँ पहले आए थे, आप दुकान पर थे नहीं। फिर यह रिक्शा वाला हमारे बाद आया है, तो आपने इसको हमसे पहले क्यों बुला लिया?" मेकैनिक ने रोहन को पूरी तरह से नजरअंदाज कर दिया। रोहन दोबारा और ऊँचे स्वर में बोला, "आपने ऐसा क्यों किया?" मेकैनिक ने इस बार भी कुछ नहीं कहा। समय को ध्यान में रखते हुए मैं रोहन को अलग ले आया। रोहन का ध्यान बंटाते हुए मैंने कहा, "रोहन तुम भी ग्राहक हो और यह रिक्शावाला भी ग्राहक है, ऐसा क्या है जो रिक्शावाले को प्राथमिकता मिल रही है। एम.बी.ए. में एक सिद्धान्त पढ़ा होगा–"पहले आओ पहले पाओ तो फिर उसने ऐसा क्यों नहीं किया?"

थोड़ा सोचते हुए रोहन बोला, "यह मेकैनिक बहुत चालाक है। यह भली-भाँति जानता है कि रिक्शा का टायर बड़ा है और इसमें ज्यादा खर्चा आएगा यानि कि उसे अधिक मुनाफा होगा, जबकि हमारी साइकिल का टायर तो छोटा है और इतना ज्यादा मुनाफा नहीं दे पाएगा। व्यापारी आदमी है और अपने व्यापार को अच्छी तरह समझता है। जितनी देर तक हम लोग इससे बात कर रहे थे, इसने जल्दी से विश्लेषण करके अपने नफा-नुकसान को समझ कर ही

उस साइकिल रिक्शा वाले को प्राथमिकता दी। इसको बिजनेस में लाभ या प्रोफिट बोलते हैं और हमने एम.बी.ए. में पढ़ा है कि प्रोफिट किसी भी व्यापारी को बिजनेस करवाता है।''

मैंने पूछा कि ऐसा भी तो हो सकता है कि इनकी कोई जान पहचान हो।

रोहन तपाक से बोला, ''हाँ। यह भी हो सकता है क्योंकि 'कस्टमर रिलेशनशिप' यानि ग्राहक के साथ संबंध रखना आजकल किसी भी व्यापारी के लिए एक मूलभूत सिद्धाँत बन गया है। यदि एक बार ग्राहक आपकी सेवाओं से खुश हो जाता है तो पुन: आपके पास आता है। इससे एक तो व्यापारी और ग्राहक में विश्वास होता है और दूसरा ग्राहक को कई तरह की प्राथमिकताएँ भी मिलती हैं जैसे हमने आज ही देखा है।''

इतना कहने के बाद रोहन उस मेकैनिक के पास गया और चिल्लाकर बोला, ''और कितना वक्त जाया करोगे हमारा?'' इससे पहले कि वह कुछ कह पाता, मैंने परिस्थिति को संभालने के लिए उससे पूछा, ''भैया इतनी गर्मी में भी काम करते हो? बहुत मुश्किल नहीं पंचर लगाना गर्मी के इस माहौल में?''

मुस्कुराते हुए मुझे देखकर वह बोला, ''गर्मी तो माहौल में है पर आपका बेटा इस गर्मी में बात कर रहा है। आप दस मिनट रुकिए, मैं आपकी साइकिल का टायर ठीक कर दूँगा।''

दस मिनट के बाद आकर उसने हमारी साइकिल के टायर की मुरम्मत शुरू कर दी। कुछ देर में हमारी साइकिल हमारे सामने तैयार खड़ी थी। जब मैंने उससे भुगतान की बात की तो मैंने देखा कि हमारी भुगतान की राशि भी उतनी ही है जितनी रिक्शावाले की थी। फिर रिक्शा को प्राथमिकता क्यों? मेरे बेटे ने पिछले बीस मिनट में

अपने एम.बी.ए. की पढ़ाई के तीन-चार उपयोगी तथ्य बताए थे और मैं उत्सुक था जानने के लिए कि उनमें से कौन सा ठीक था।

मैंने मेकैनिक से पूछा कि क्या वह उस रिक्शावाले को जानता था और क्या उनका वहाँ रोज का आना-जाना था। जब मेकैनिक ने मुझे बताया कि न तो उस रिक्शेवाले का वहाँ नित्य आना-जाना था और न ही वह उसे जानता था तो मैं यह सोचने पर विवश हो गया कि ऐसा क्या कारण था जो रोहन ने पढ़ा नहीं था, जिसके बारे में उसे ज्ञात नहीं था। मैंने उससे पूछ ही लिया, "आपने उस रिक्शा वाले को प्राथमिकता क्यों दी, जबकि हम पहले आए थे?"

वह बहुत संजीदा होकर बोला, "साहब आपकी साइकिल और उसकी रिक्शा एक ही तरह की समस्या, बराबर भुगतान, न मैं आपको जानता न उसको फिर भी मैंने उसको प्राथमिकता केवल 'इंसानियत' के आधार पर दी।"

"इंसानियत? वह कैसे?" मैंने पूछा।

वह बोला, "आपकी साइकिल, बच्चे की साइकिल है, शौक का जरिया है। उसकी रिक्शा, उसकी रोजी-रोटी है, उसके जीवन के निर्वाहन का साधन है। रोजी-रोटी की अहमियत तो शौक से ज्यादा होती है न? इसीलिए मैंने रिक्शा को पहले ठीक किया।"

पैसे देकर मैं और रोहन वापिस घर की ओर चल पड़े। इस बार माहौल में चुप्पी थी, गहराई थी और मेरे दिमाग में एक प्रश्न उठ रहा था, "क्या रोहन ने 'एम.बी.ए.' में 'इंसानियत' नामक विषय को पढ़ा नहीं या क्लास को बंक कर दिया?"

'इंसानियत' विषय कौन से विद्यालय में पढ़ाया जाता है?

अंतिम यात्रा

एक दिन मुझे तार मिला कि हमारे परिवार के एक सदस्य की तबीयत अचानक खराब हो गई है और उन्हें चंडीगढ़ स्थित अस्पताल में जाने के लिए कहा है। मेरे पिताजी ने मुझसे आग्रह किया कि चंडीगढ़ जाकर मैं उनकी मदद करूँ। सुबह की बस लेकर मैं चंडीगढ़ स्थित अस्पताल पहुँचा। वहाँ पहुँचकर पता चला कि सोहन के चाचाजी की तबीयत काफी समय से खराब चल रही थी और अब चंडीगढ़ में डॉक्टरों ने देखा तो कहा कि उन्हें बचाना थोड़ा मुश्किल है। आज की रात काफी मुश्किल होने वाली थी। हॉस्पिटल के बाहर प्रांगण में हम चार लोग एक साथ खड़े थे। सोहन, मैं और सोहन के चाचा के दो बेटे। दोनों भाइयों के बारे में मैंने सुना था कि बड़ा भाई बहुत सहनशील और छोटा भाई एकदम उद्दण इंसान, बचपन में बड़ा भाई कक्षा में हमेशा अव्वल रहता था और छोटा भाई किसी तरह से पास हो जाता था। रात के समय जब हम चारों अस्पताल के बाहर बैठे थे, तभी छोटा भाई, जिसकी उम्र चालीस साल के आसपास थी कहीं जाकर हम सभी के लिए चाय लेकर आया। मैं थोड़ा प्रभावित हुआ, पर उसकी उद्दणताओं की इतनी कथाएँ सुनी थीं कि कुछ अच्छा बोलने में संकोच हो रहा था। रात के बारह बजे तक हम लोग काफी थक चुके थे और तभी मैं, सोहन और बड़ा भाई एक होटल के कमरे में आ गए और छोटा

भाई अस्पताल में ही रुक गया। सुबह होते ही जब हम लोग अस्पताल पहुँचे तो मालूम पड़ा कि चाचाजी का सुबह ही देहावसान हो गया। अब हमारे सामने एक चुनौती थी कि मृत शरीर को वापिस ले जाना और दोनों भाइयों को मानसिक शक्ति रखने के लिए कहना। पिता के पार्थिव शरीर को साथ लेकर आना शायद एक बहुत बड़ी जिम्मेदारी है और दोनों भाई इसको एक साथ मिलकर निभा रहे थे। गाँव पहुँचकर चारों तरफ इकट्ठे लोगों का हुजूम देखकर एक पल में समझ में आ गया कि उनकी कितनी इज्जत रही होगी, कि हजारों की तादाद में लोग उनके अंतिम दर्शन के लिए आए थे। दोनों भाइयों ने यहाँ तक का सफर बहुत धैर्यपूर्वक किया था और जब हम घर के बाहर पहुँचे, परिवार की स्त्रियों ने बाहर आकर रोना शुरू कर दिया। वातावरण में एकाएक बहुत करुणा एवं रुदन का माहौल छा गया। रात भर पार्थिव शरीर को घर के आंगन में रखा गया। आसपास के गाँवों से भी लोग आकर जुड़ने लगे और पास ही में बनाए शामियाने में ठहरने लगे। मृतक की धर्मपत्नी तो पार्थिव शरीर के पास ही बैठी हुई थीं। उन्होंने रात भर कुछ कहा नहीं पर उनकी आँखों में एक गहरा अकेलापन झलक रहा था। कहते हैं कि आँखें वे कथाएँ भी व्यक्त कर देती हैं जो जुबान बोलते हुए भी लड़खड़ाती है।

सुबह होते ही नित्य क्रम करने के पश्चात, सोहन के चाचाजी के पार्थिव शरीर को गाँव के शमशान घाट ले जाने की तैयारी हुई। लेकिन रात में बरसात होने के कारण जगह-जगह पर पानी एकत्रित हो गया था और संकरे पहाड़ी रास्ते से होकर अंतिम यात्रा का मार्ग था। मिट्टी की पहाड़ी सड़कों पर कीचड़ जमा हो जाने के कारण यह रास्ता मुश्किल होने वाला था। सोहन की चाचीजी पूरी रात

अपने जीवन साथी के पार्थिव शरीर के साथ बैठी रहीं। सुबह जैसे ही अंतिम यात्रा के लिए हम लोग घर से निकले तो वे खिड़की के पास जाकर बैठ गईं जहाँ से शमशान का रास्ता दिखता है। उनकी नजर थोड़ी कमजोर हो गई थी, इसलिए उन्होंने अपने बड़े बेटे की पत्नी से कहा कि वह उनके साथ बैठ जाए और उन्हें सारी कथा बताए।

बहू ने भी यात्रा का वर्णन शुरू किया और कहा, "आपके बड़े बेटे (यानि विवरण दे रही महिला का पति) ने पंडित जी के साथ सामान उठा रखा है और ये दोनों आगे-आगे चल रहे हैं।"

छोटे भाई ने अपने पिता के पार्थिव शरीर को कंधे पर उठा रखा था, लेकिन थोड़ी देर के बाद वह दिखाई नहीं दे रहा था। चाचीजी के पूछने पर जब उन्हें बताया गया कि छोटा भाई नहीं नजर आ रहा, तो वे थोड़ी हतोत्साहित हो गयीं। अपने बड़े पुत्र की पत्नी के पास बैठकर माताजी ने पूरी यात्रा की जानकारी प्राप्त करने की कोशिश की। अपने छोटे पुत्र को ढूँढ़ने की कोशिश कर रही थी, पर वर्णन के अनुसार, छोटा पुत्र कहीं नजर नहीं आ रहा था। अपने पिता के साथ छोटे पुत्र का छत्तीस का आंकड़ा था और वे दोनों कभी एक साथ बैठकर भोजन भी नहीं करते थे। क्या एक पुत्र के लिए अपने पिता की अंतिम यात्रा में सम्मिलित होना जरूरी नहीं है? एक माँ के हृदय में रुदन के भाव को समझ पाना कोई मुश्किल नहीं है।

यात्रा में साथ चलते हुए मैंने भी अर्थी को कंधा दिया और चलते-चलते यही सोच रहा था कि शायद यही जीवन का सत्य भी है। साथ चलते हुए मैंने सोहन वह पूरे परिवार के साथ अपना पूरा सहयोग देने का आश्वासन भी दिया। इस समय जब सभी लोग एकत्रित होकर दिवंगत आत्मा की शांति की दुआ कर रहे होते हैं,

उसी समय जिंदगी के कुछ पहलू भी देखने को मिलते हैं। अर्थी को उठाकर चलने वाले कुछ लोग इस तरह व्यवहार कर रहे थे जैसे कि अर्थी का पूरा भार उन्होंने ही उठा रखा हो। मेरे आगे-आगे चल रहे एक भाई साहब बार-बार अपने हाथों को एक-दूसरे से मल रहे थे। बिना कुछ बोले हुए भी यह बता रहे थे कि उनके हाथों में बहुत दर्द है, वरना वे तो अकेले ही सब कुछ उठा लेते। तभी देखा कि एक महानुभाव जो घर से अर्थी को उठाकर चल रहे थे (ऐसा लग रहा था), वास्तव में अर्थी पर केवल अपनी उंगलियाँ स्पर्श करवाए हुए थे, कोई भार नहीं उठा रहे थे। ये सभी लोग परिवार के बहुत करीबी सदस्य माने जाते थे। कुछ लोग दो मिनट अर्थी को कंधा देते और फिर बाहर आकर लोगों से बात करते कि भगवान दिवंगत आत्मा को शांति दे और फिर सबको बताते हुए कि मैं थोड़ा कंधा दे दूँ, बोलकर फिर अर्थी के निकट आ जाते।

शमशान घाट पहुँचने के लिए पहाड़ी पर एक मोड़ से गुजरना पड़ता था और यात्रा का यह आखिरी पड़ाव घर से नहीं दिखता था। अंतिम यात्रा अपने आखिरी पड़ाव पर पहुँच गई लेकिन छोटा भाई कहीं नजर नहीं आ रहा था। यहीं चिंता घर में बैठी अम्माजी और अन्य महिलाओं को सताए जा रही थी कि क्या उनका छोटा बेटा इस घड़ी में भी अपने पिता के साथ अपने मनमुटाव को भूल नहीं पाया। अंतिम यात्रा के दौरान भी लोगों से बातचीत भी यहीं हो रही थी कि छोटा बेटा इस तरह का व्यवहार करेगा। अपने रवैये की बात न करके वे छोटे पुत्र की बात करने लगे। जैसे ही शव को लेकर हम लोगों ने शमशान घाट में प्रवेश किया, छोटा बेटा न जाने कहाँ से प्रकट हो गया। उसे एकाएक देखकर सभी लोग एकदम भौंचक्के रह गए। अंतिम दर्शन के बाद जब पार्थिव शरीर को अग्नि को

अर्पित कर दिया गया और सभी लोग वापिस घर आए तो घर का माहौल एकदम बिगड़ा हुआ था। सोहन की चाचीजी, द्वार पर खड़े होकर अपने छोटे पुत्र को डाँटने लगीं, "तुम्हें थोड़ी सी भी शर्म नहीं है? तुम्हारे पिताजी की अंतिम यात्रा से तुम गायब रहे। तुम्हारा इस घर से अब कोई रिश्ता नहीं है, जहाँ जाना है जाओ और जो करना है करो, पर यहाँ मत आओ।"

छोटे भाई को कुछ समझ में नहीं आया। उसे लगा शायद वियोग के कारण उसकी माताजी किसी सदमे में है और ऐसे बोल रही हैं। इससे पहले कि वह कुछ कह पाता, उसकी माँ बोलीं, "तुमने कभी अपने पिता की इज्जत नहीं की और हमेशा ही अपने पिता के लिए उपद्रव खड़े किए हैं। आज तुम उनकी अंतिम यात्रा में भी नहीं गए।"

अभी तक चुपचाप सुन रहे छोटे भाई ने कहा, "माँ! मैं तो पूरी यात्रा के दौरान पिताजी के सबसे निकट था। इतना कहकर वह रोने लगा। गाँव के लोगों ने उसकी आँखों में पहली बार आँसू देखे थे। जो लड़का बचपन में भी कभी रोते हुए नहीं दिखा आज द्वार पर खड़ा होकर रो रहा था। पूरे गाँव में सन्नाटा छा गया। इस बीच चाचीजी बोलीं, "मुझे पल-पल की खबर है। मुझे यह भी पता है कि एक जगह अर्थी गिरते-गिरते बची थी, लेकिन इस पूरी यात्रा में तुम कहीं नहीं थे।"

पिता की मृत्यु के बाद माँ (चाचीजी) द्वारा ऐसा कहे जाने के बाद भी वह चाचीजी के पास गया और बोला, "आज इस अवसर पर ऐसी बात नहीं करनी चाहिए पर क्या आपको पता है कि पिताजी की अर्थी को किसने उठाया था?" चाचीजी चारों ओर खड़े लोगों की ओर देखने लगीं, तो वह बोला, "पिताजी की अर्थी तीन बार

गिरते-गिरते बची है, पहली बार नाले के सामने जहाँ आपने देखा, उस समय मैं दांई ओर था, जो घर से नजर नहीं आता। उसके बाद मैं अर्थी के नीचे खड़ा होकर, अपने सिर के बल पर लेकर गया था। इस बीच भी दाहिनी एवं बांई तरफ के लोग बदल रहे थे और दो बार अर्थी गिरने ही वाली थी, पर मेरे दोनों हाथ-दायीं एवं बांई ओर से उसे संभाल रहे थे।''

उसकी बात सुनकर वहाँ पर खड़े लोगों को अंतिम यात्रा में अपने अपने 'योगदान' की याद आ गई और कुछ लोग वहाँ से चुपचाप चले गए। चाचीजी को भी अपनी गलती का एहसास हो गया और फिर पूरा परिवार एक साथ बैठकर एक-दूसरे की सहायता करने के बारे में सोचने लगा।

शाम के समय जब मैं बस में बैठकर दिल्ली वापिस आ रहा था तो यही सोच रहा था कि न जाने जीवन में हम कितने निर्णय बिना पूर्ण विश्लेषण के ले लेते हैं। कार्यक्षेत्र में जो व्यक्ति दूसरों की बुराई नहीं करते, क्या वे अक्सर गलतफहमी के शिकार होते हैं?

क्या मैं भी अपने निर्णय सिक्के का एक पहलू ही देख कर लेता हूँ?

ऑटो की सवारी

सेवानिवृत्त होने के पश्चात मैं और सुजाता दोनों दिल्ली में ही एक फ्लैट में रहने लगे और हमारा यह निर्णय था कि बाकी की जिंदगी अब हम दिल्ली में ही गुजारेंगे। पहली बार जिंदगी में समय भी था और आजादी भी थी तो हमने सोचा कि अपने टूटे हुए रिश्तों को पुनः स्थापित करें। कार्यरत रहते हुए मुझे अनेक उपलब्धियाँ मिलीं और कई पुरस्कारों से भी सम्मानित किया गया लेकिन शायद मेरे जीवन की सबसे बड़ी संपत्ति, मेरे मित्रों एवं परिवार के लिए मैं कुछ भी नहीं कर पाया था। आज भगवान की कृपा से मेरे पास एक घर है जिसमें मेरे मेहमान आराम से रह सकते हैं और मैं उनके साथ आराम से बैठकर बातचीत भी कर सकता हूँ।

सबसे पहले मैंने सोहन को दिल्ली बुलाया। मेरे काफी बुलाने के बाद भी वह मना कर रहा था, शायद चालीस साल में दूरियाँ बहुत बढ़ गई थीं। सोहन ने अपना डेरी फार्म शुरू किया था और आज वह अपने गाँव का सबसे प्रतिष्ठित इंसान है। मेरे बहुत बुलाने के बाद वह दिल्ली आया लेकिन एक शर्त पर, कि हम दोनों दिल्ली घूमेंगे, ठीक उसी तरह जैसे हम बचपन में अपने गाँव में घूमते थे। विचार तो रोचक था किंतु वह बचपन और वह गाँव के सामने आज की उम्र और दिल्ली शहर। बहुत फर्क है, पर मैंने हाँ कह दिया,

बस फिर सोहन का दिल्ली का टिकट कट गया और अगले इतवार को उसका दिल्ली आने का कार्यक्रम निर्धारित हो गया।

कार्यक्रम के अनुसार वह शताब्दी एक्सप्रेस से आ रहा था। मैं भी उससे मिलने के लिए बहुत उत्सुक था और स्टेशन पहुँचने के लिए सड़क पर टैक्सी का इंतजार कर रहा था, पर कोई टैक्सी आ ही नहीं रही थी। पास ही में कुछ ऑटो रिक्शा खड़े थे और मैं सोच रहा था कि अगर टैक्सी नहीं है तो कम से कम ऑटो तो है, शायद इसी से मंजिल तक पहुँचा जा सके। ऑटो ड्राइवर एक झुंड बनाकर खड़े थे और मुझे देखकर वे सब पूछने लगे कि मुझे कहाँ जाना है?

मैंने भी ऊँचे स्वर में कह दिया, "नई दिल्ली रेलवे स्टेशन"। यह सुनकर कुछ ऑटो वालों ने अपना मुँह मोड़ लिया और कुछ मुस्कुरा कर मुझे देखने लगे। इस भीड़ में खुद को अकेला पाकर मुझे एहसास हो रहा था कि शायद वे सभी अपनी आँखों और जुबान से मेरा चीरहरण करने की कोशिश कर रहे हैं। दो मिनट के बाद एक ड्राइवर आकर मुझसे बोला, "आप नई दिल्ली स्टेशन जाना चाहते हैं? आओ मैं आपको ले चलता हूँ।" यह कहकर वह अपना ऑटो मेरे सामने ले आया और मुझसे बैठने के लिए कहने लगा। मेरे बैठने पर उसने ऑटो स्टार्ट किया और फिर मुझसे पूछा, "नई दिल्ली स्टेशन जाना है? कौन से रास्ते से चलोगे?"

मैं थोड़ा अचंभित हो गया। मैंने उससे कहा, "क्यों? क्या तुम्हें रास्ता नहीं पता?" एकदम ब्रेक लगाकर ऑटो को रोककर वह मेरी ओर मुड़ा और बोला, "सवारी को रास्ते का पता होता है पर फिर बाद में पैसे देते हुए लड़ती है कि तुम मुझे लम्बे रास्ते से लाए हो।"

उसकी बात को समझते हुए मैंने कहा, ''बेटा, मुझे शताब्दी एक्सप्रेस से एक मित्र को लाने जाना है। जैसा तुम्हें ठीक लगे वैसा करो।''

''ठीक है सर'' कहकर वह ऑटो को स्टार्ट करके चला फिर मुझसे पूछा, ''शताब्दी एक्सप्रेस, किस तरफ आती है, पहाड़गंज वाली या अजमेरी गेट वाली?''

मैं इस प्रश्न से थोड़ा उत्तेजित हो उठा और बोला, ''तुम ऑटो चलाते हो, तुम्हें पता नहीं है कि शताब्दी किस तरफ आती है? तुम नाहक ही सीधी-साधी सवारियों को तंग करके पैसे ऐंठते हो।''

वह चुपचाप ऑटो चलाता रहा और मैं ऑटो वालों को बुरा बोलता रहा। तभी देखा कि उसने ऑटो को सड़क किनारे एक ऑटो स्टैंड पर रोक दिया और मुझसे बिना कुछ कहे, उतरकर वह कहीं चला गया। मैं नीचे उतरकर इधर-उधर देखने लगा, तभी वहाँ पर तीन ड्राइवर एक साथ आए और मुझसे पूछने लगे कि कहाँ जाना है और यहाँ क्यों खड़े हो। मैं उनसे कुछ कह पाता कि तभी ऑटोवाला आया और बोला, ''सर, आपकी ट्रेन पहाड़गंज साइड पर आएगी और पंद्रह मिनट लेट है।''

इस बात से मैं दंग रह गया कि यह कहाँ से ट्रेन के लेट होने की खबर लाया है। उसने मुझे बताया कि यह डिपो का कार्यालय है और उसने सारी जानकारी हासिल करने के लिए वहाँ पर ऑटो को रोका था। वहाँ से आगे निकले तो एक लम्बा जाम लगा हुआ था, लेकिन अब तक हम दोनों में एक विश्वास जागृत हो गया था। थोड़ी देर इंतजार किया किंतु ट्रैफिक टस से मस नहीं हो रहा था। थोड़ा-बहुत हिलाकर उसने ऑटो को सर्विस लेन में ले लिया। थोड़ा आगे जाकर पाया कि जाम खत्म ही नहीं हो रहा, घड़ी पर नजर

रखकर मैंने पूछा, "कितनी देर लगेगी?" यह सुनकर वह नीचे उतरा और जाम का कारण ज्ञात करने के लिए इधर-उधर पूछने लगा। सूर्य की गर्मी बढ़ती जा रही थी और हमारा धैर्य कम होता जा रहा था। दो मिनट के बाद वह वापिस आया और बोला, "दो कारें आपस में टकरा गई हैं, साइड से, इसीलिए सारा ट्रैफिक रुका हुआ है।"

मुझे यह सुनकर बुरा लगा कि तीन लेन वाले हाईवे पर पूरा ट्रैफिक रुक गया है, वह भी जब कारें साइड से टकराई हैं फिर भी मैंने पूछा, "कोई जान-माल का नुकसान तो नहीं हुआ ना?" वह हँसते हुए बोला, "सर यह तो रोज की बात है, थोड़ी देर में पुलिस आएगी और फिर दोनों को साइड करके रास्ता खुलवाएगी। अभी दोनों ड्राइवर लड़ रहे हैं कि कौन गलत साइड पर था और कौन गलत ओवरटेक कर रहा था। इन दोनों में से जो भी ताकतवर होगा, वही सच्चा माना जाएगा।"

वहाँ पर बैठे रहकर इंतजार करने के अलावा मेरे पास कोई दूसरा चारा भी नहीं था। मैं अभी सोच ही रहा था कि दो कारों का ऐसा साइड से टकराने के कारण हजारों लोगों को अपने निर्धारित स्थान पर पहुँचने में विलम्ब होगा। कितने लोगों की बसें, ट्रेन इत्यादि छूट सकते हैं, बहुत लोग अपने कार्यालय देरी से पहुँचते होंगे यानि एक या दो गाड़ियों कर के हजारों लोगों को परेशानी।

ट्रैफिक धीरे-धीरे चलने लगा तो वह एक घटना सुनाने लगा, "एक बार शाम के समय मैं एक यात्री को लेकर बस अड्डे जा रहा था। शाम का समय था और वह मुझे तेज चलाने के लिए कह रहा था। मैं पूरी कोशिश कर रहा था क्योंकि मैं भी कभी सवारी का बुरा नहीं चाहता। दरियागंज पहुँचकर मैं लाल बत्ती पर रुक गया।

उसने मुझे जोर से गाली देकर लाल बत्ती को कूदने के लिए कहा। जब मैंने मना किया तो उसने मेरा कॉलर पकड़ लिया और गालियाँ देते हुए मुझे डराने लगा। बत्ती के हरा होते ही मैंने ऑटो आगे बढ़ाकर साइड पर रोक दिया और उससे विनती करते हुए कहा कि यह ऑटो खराब हो गया है, आप दूसरा ऑटो कर लो। वह यात्री ऑटो से उतरकर शोर मचाने लगा और सबसे कहने लगा कि यह ऑटो वाला मक्कार है और मुझे इधर-उधर घुमा रहा है। इतनी देरी में बहुत लोग एकत्रित हो गए थे और भीड़ देखकर पुलिस भी आ गई। कुछ लोगों ने मुझे थप्पड़ भी मारे और मेरा लाइसेंस भी जब्त हो गया। तीन महीने मैं घर पर बैठा रहा फिर दोबारा ऑटो चलाना शुरू किया।

लोग न जाने क्यों छोटी-छोटी बातों पर इतना भड़क जाते हैं।''

अभी ट्रैफिक चलना शुरू हुआ ही था कि हम एक लाल बत्ती पर पहुँच गए। मुझ पर एक बार फिर से प्रश्न दागते हुए उसने मुझ से पूछा, ''क्या आप जानते हैं कि इस रेड लाइट पर गाड़ियाँ क्यों खड़ी हैं?'' बहुत हास्यास्पद से इस सवाल पर मैंने कहा, ''रेड लाइट पर रुकना तो एक नियम है जिसे सभी ड्राइवर मानते हैं।''

हँसते हुए वह बोला, ''नहीं सर! रेड लाइट पर रुकते हैं क्योंकि न रुकने पर चालान हो जाएगा। यदि ये ट्रैफिक पुलिस वाले यहाँ पर खड़े न हों तो लाल और हरी लाइट में भेदभाव खत्म हो जाएगा और ट्रैफिक सभी की मर्जी पर चलने लगेगा।''

जिंदगी की सबसे बड़ी सीख शायद आज मुझे मिली थी कि नियमों का पालन एक नैतिकता का विषय है या डर का?

किसी तरह हम नई दिल्ली रेलवे स्टेशन पहुँचे और मैं उसे पैसे देने लगा। पैसे लेते हुए उसने मुझ से एक प्रश्न किया, ''क्या आप

जानते हैं कि सबसे अधिक भारतीय लोग किस बीमारी से ग्रस्त हैं?''

मेरे पास कोई उत्तर नहीं था तो वह बोला कलर ब्लाइंडनेस।

वापिस आते समय मुझे कुछ ट्रैफिक लाइट्स दिखीं जहाँ पर ट्रैफिक पुलिस तैनात नहीं थी और लोग बिना ट्रैफिक लाइट की परवाह के चलते जा रहे थे।

सुना है, ''सावन के अंधे को सब कुछ हरा ही नजर आता है–ट्रैफिक लाइट्स भी'।

लौट आया बचपन

सोहन दिल्ली में मेरे घर पर था और हमारे पास पूरा समय था, आज कोई ऑफिस या दुकान नहीं जाना था। बचपन के बाद शायद सेवानिवृत्त होने पर ही इतना समय और आजादी मिलती है। सोहन के बात करने के तरीके में और मेरे बात करने में बहुत फर्क आ गया था। बचपन में हम दोनों एक ही तरीके से सोचते थे और बात भी उसी प्रकार से करते थे, लेकिन महानगरीय सभ्यता ने मेरी बातचीत में बनावट और अपना कार्य निकलवाने की मंशा डाल दी थी जबकि सोहन की बातचीत स्पष्ट एवं गंभीर चरित्र को दर्शाती थी। सीधी स्पष्ट बात, कोई टालमटोल नहीं, कोई बनावट नहीं, शायद इसीलिए सोहन ने भरोसेमंद व्यापारी के रूप में अपनी एक जगह बना ली थी।

बचपन की यादें संवारने के लिए पहले तो हमने अपने जमाने की सभी मशहूर फिल्में देखीं और मुगल-ए-आजम पर सोहन की चर्चा पड़ोस वाले गाँव की एक लड़की के साथ की जाती थी। अभी भी उस बात पर सोहन शर्मा जाता है। फिल्मों के बाद हमने गुड़गाँव जाने का प्रोग्राम बनाया पर कनॉट प्लेस होकर। कनॉट प्लेस के पास एक पुराना ढाबा था जहाँ मैं अक्सर परांठे खाता था। आज सोहन के साथ परांठों का लुत्फ उठाने का मन कर रहा था। कार

में बैठते ही मैंने सोहन से सीट बेल्ट पहनने को कहा। सोहन यह देखकर काफी प्रभावित हुआ कि अनुशासन का पालन किया जा रहा है। अभी हम लोग थोड़ा आगे बढ़े ही थे और बांई ओर मुड़ रहे थे कि एक मोटरसाइकिल बांयी ओर से आकर हमें ओवरटेक करने लगी और हमसे टकराते-टकराते बची। सब कुछ ठीक देखकर हम आगे बढ़ गए और लाल बत्ती पर रुक गए। तभी सोहन के दरवाजे पर ठक-ठक हुई और हमें शीशा नीचे करने का इशारा किया। वह मोटरसाइकिल वाला हम पर चिल्लाया, ''बुड्ढो! तुम्हें दिखता नहीं कि मैं मोटरसाइकिल चला रहा था। अंधे हो क्या? ड्राइवर रख लो अगर नहीं दिखता तो।'' मैंने जैसे ही उसे समझाने के लिए कुछ बोलना चाहा, तो वह बोला, ''ऐसा है, यह सड़क तेरे बाप की नहीं है और गाड़ी देख के चला नहीं तो बहुत पिटेगा।'' इससे पहले कि हम कुछ कहते, वह गालियाँ देते हुए आगे निकल गया।

इस व्यवहार से सोहन को ठेस पहुँची और वह बोला, ''कितना घमंडी लड़का था यह, एक तो गलत साइड पर गाड़ी चला रहा था और फिर गलती भी नहीं मान रहा था।''

मैं सोहन को देखकर मुस्कुरा दिया और फिर गाड़ी को लेकर आगे चल पड़ा। कनॉट प्लेस को काफी बदल दिया गया है और मेट्रो को देखकर सोहन बहुत प्रभावित हुआ। गाड़ी पार्किंग क्षेत्र में जैसे ही हम पहुँचे तो गाड़ी पार्क करने के अनुशासन को अनदेखा कर लोग किसी भी दिशा में गाड़ी खड़ी कर रहे थे। सोहन ने एक वाहन चालक से कहा कि आप गाड़ी सीधी लगा लीजिए तो वह बोला, ''यह लो चाबी, जैसे ठीक लगे आप लगा दो।'' सोहन थोड़ा सकपकाया पर फिर वापिस आ गया। पार्किंग में आड़ी-टेढ़ी गाड़ियों

को देखकर एक विचार तो आया कि पार्किंग का अलग लाइसेंस होना चाहिए। अगर आपको गाड़ी ठीक से पार्क करना नहीं आता तो चलाते रहिए जब तक पार्किंग लाइसेंस वाला न मिले।

कनॉट प्लेस में परांठे खाने के बाद हमारी गुड़गाँव की यात्रा आरम्भ हुई। अभी चल ही रहे थे कि हमारे आगे चल रही गाड़ी ने एकदम ब्रेक लगाई बदले में मैंने भी ब्रेक लगाई और टकराने से किसी तरह बच गई। देखा कि दो लड़के कानों में हेडफोन लगाए पैदल चल रहे हैं और सड़क पर यातायात की उन्हें कोई चिंता नहीं है। इससे पहले कि कोई कुछ कह पाता वे कुछ अश्लील इशारे करके वहाँ से भाग गए।

गाड़ी को पुनः स्टार्ट करके हमने रेडियो चलाया जिसमें हमारे जमाने के गाने चलते थे। थोड़ा सफर करने के बाद देखा तो एक बस का ब्रेक डाउन हो रखा है जिसके करके पूरी ट्रैफिक रुकी हुई है। थोड़ा रुकने के बाद साइड की एक लेन चालू हुई और ट्रैफिक ने धीरे-धीरे चलना शुरू किया। दिल्ली की सड़कों पर चलते हुए हमें अभी बस दो घंटे ही हुए थे पर सोहन को समझ में आने लग गया था कि दिल्ली में गाड़ी कैसे चलती है। अब जैसे ही यह ट्रैफिक तीन लेन से सिमट कर एक लेन में आ रहा था, ड्राइवरों के बीच में एक नई प्रतिस्पर्धा ने जन्म लिया। सभी लोग उस संकरी लेन में जाने की कोशिश करने लगे और जोर-जोर से हार्न बजने लगे। वहाँ पर खड़े होकर अपनी बारी की प्रतीक्षा करने के अलावा हमारे पास कोई दूसरा चारा नहीं था। हम लोग रुके रहे अनेकों प्रकार के हॉर्न की ध्वनियाँ हमें सुनने लगीं। तभी वहाँ पर देख रहे थे कि सड़क के ऊपर से बनाए गए पुल से न जाकर पैदल यात्री सड़क के बीच की जाली को फाँद कर ही सड़क क्रॉस कर थे। यह

देखकर सोहन से रहा नहीं गया और बोला, ''उस पुल से जाने में पाँच मिनट लगेंगे। क्या पाँच मिनट की कीमत जिंदगी से ज्यादा है?''

सोहन थोड़े गंभीर स्वर में बोला, ''गाँव में जब हम टीवी पर सुनते हैं कि आज सड़क हादसे में किसी की जान चली गई या किसी को चोट लग गई हम यही सोचते हैं कि ऐसा कैसे हो जाता है। आज यहाँ देखकर लग रहा है कि किसी को अपनी जिंदगी की परवाह ही नहीं है। क्या कीमत है जिंदगी की? दो मिनट, पाँच मिनट, बस इसी को बचाने के लिए कितनी लापरवाही से चलते हैं—चालक और पैदल यात्री दोनों।

वापिस आते हुए जब हमने एक स्कूल बस को रौंग साइड आते देखा तो सोहन एकदम बोला, ''स्कूल बस भी गलत दिशा में! क्या होगा इस देश का?''

शाम को जब हम घर पहुँचे तो सुजाता ने पूछा कि दिन भर क्या किया तो सोहन के एक उत्तर ने दिन भर की पूरी कहानी के बारे में बता दिया। वह बोला, ''आज सुबह जब मैं राधे के साथ कार में बैठा तो राधे ने मुझसे सीट बेल्ट बाँधने को कहा और हम सारा दिन गाड़ी में घूमते रहे। यहाँ पर लोग ट्रैफिक के सिर्फ एक ही नियम का पालन करते हैं, वह है सीट बेल्ट बाँधना। बाकी कोई नियम नहीं माना जाता।'' सोहन के वापिस जाने के बाद सुजाता और मैं इस सत्य पर बहुत हँसे।

एक ही नियम है जिसको सब मानते हैं
सीट बेल्ट पहनना, बाकी देख लेंगे।

कल: अतीत या भविष्य?

पंद्रह दिन हमारे साथ रहने के बाद सोहन को वापिस गाँव जाना था। बस अड्डे पर उसे छोड़कर हम लोग जब वापिस आए तो अकेलापन मुझे काटने लगा। मैं पुनः जाकर छत पर बैठ गया। रात के इस अंधकार में न जाने मुझे क्या आकर्षण नज़र आने लगा था। अपने पोतों की वार्तालाप के बाद मुझे सितारों की एक नयी दुनिया नज़र आने लगी थी, और आज सोहन के साथ बिताए पंद्रह दिनों के बाद मैं सितारों की दुनिया को एक नए दृष्टिकोण से देख रहा था। आज मेरा बचपन, मेरा गाँव नलसर, सोहन के साथ बिताए उस बचपन की यादें, मास्टरजी सभी कुछ मेरे सामने मेरे अतीत को नक नई परिभाषा दे रहा था। सोहन की सादगी एवं ठोस बातें और मेरी बनावटी एवं अवसरवादी विचारधाराओं में कितना अंतर आ गया था। बचपन में हम दोनों एक ही माहौल में, एक ही तरह के अनुशासन में रहे, पर उसके बाद अलग-अलग जगह के माहौल और संस्कृति ने हमारे बीच इतना अंतर ला दिया था।

विज्ञान के अनुसार सितारों की जो रोशनी हम आज देखते हैं, उसे सितारों ने न जाने कितने साल पहले छोड़ा होगा। एक अनुमान के अनुसार पृथ्वी के सबसे निकटतम सितारों की रोशनी को हम तक पहुँचने में चार साल से ज़्यादा समय लगता है। यह रात का

आसमान आज मुझे मेरे भूतकाल से अवगत करवा रहा था। कितना कुछ बदला है और जब सोहन ने मास्टरजी की बात को दोहराया कि किसी भी स्थान के वासियों का चरित्र उनके सड़क पर किए गए आचरण से दिखता है, तो मुझे अपने शहर की सड़कों पर दर्शाया गया आचरण याद आ गया और अपने आप में हुए इस बदलाव को समझते देर न लगी।

एक बार फिर मुझे मास्टरजी की दूरदर्शिता पर गर्व होने लगा कि चालीस साल पहले ही उन्होंने कुछ चीज़ों को कितनी आसानी से बता दिया था। मैं छत पर बैठे हुए आकाश में अपने भूतकाल के बारे में सोच ही रहा था कि सुजाता भी छत पर आकर मेरे साथ बैठ गयी।

मुझे गहन ख्यालों में देखकर वह बोली, "राधे इतने चिंतित क्यों लग रहे हो।"

मैं बोला, "चिंतित नहीं। कल के बारे में सोच रहा हूँ। इस अंधकार में मैं कहीं खो गया हूँ।"

यह सुनकर वह बोली, "तुम व्यर्थ ही चिंता करते हो। इस अंधकार के बाद एक नई सुबह भी तो होगी। यही प्रकृति का नियम है।" मैंने कहा, "हाँ। आने वाला कल।" यह कहकर मैं एकदम चुप हो गया और मेरे समक्ष एक नयी समस्या प्रकट हुई। आने वाला कल, मेरे पोतों का जीवन और मास्टरजी का वह वाक्य सड़क पर चरित्र दर्शन। मेरे पोते सड़क पर नियमों की अवहेलना करते हुए आज ही चिंता नहीं करते, पैसे से सबकुछ करवाने की सोचते हैं जब कल इस माहौल में सीखकर बड़े होंगे, तो कैसी विचारधारा होगी उनकी? यह सोचकर मेरे हृदय में एक कंपन उठता है।

आज मैं चिंतित हूँ और कल के बारे में सोचकर थोड़ा घबराया हुआ हूँ। शायद 'कल' एक छोटे से शब्द में पूरी प्रकृति समाई है–अतीत और भविष्य।

धन्यवाद

इन विचारों को आप तक पहुँचाने के लिए मुझे मेरे माता-पिता, पत्नी, पुत्र एवं मित्रों ने सदैव प्रेरित रखा। बीच में कुछ पल ऐसे भी आए थे जब मैं इन विचारों को छोड़ने का मन बना बैठा था, किंतु आप सभी ने मुझे प्रेरित किया कि ये विचार वर्तमान रूप में सबके सामने आएँ।

Sudhanshu Kumar (Australia), Nitin Kumar (USA), Shyam lal (Mandi-HP), D. Prashanth (Gurgaon), Charit Kishore (Delhi), Shikha Soni (Delhi), Zahuruddin Khan (Pune), Venu Gopal (Chennai), Danmit Singh (Canada) and friends from Mandi HP–Prashant Vaidya, Pawan Tandon, Kushal Kapoor, Lokender Vaidya and Manuj Vaidya आप सभी का धन्यवाद!

Thank You